KB089215

幻

2
천 부 경

근본
하나에서
비롯하였어도
비롯함이 없는 하나이며,
하나의 근본은
무한 궁극窮極의 종극終極이어도
하나는 무궁조화無窮造化가 끝없는 하나이다.

幻2 般若心經

초판인쇄 2021년 12월 12일
초판발행 2021년 12월 18일

저   자 박명숙
펴 낸 이 소광호
펴 낸 곳 관음출판사

주   소 08730 서울시 관악구 봉천동 1000번지 관악현대상가 지하1층 20호
전   화 02) 921-8434, 929-3470
팩   스 02) 929-3470
홈페이지 www.gubook.co.kr
E - mail gubooks@naver.com

등   록 1993. 4.8 제1-1504호
ⓒ 관음출판사 1993

정가 25,000원

잘못된 책은 교환해 드립니다. 무단 전재 · 복제를 금합니다.
이 책과 관련된 내용은 저작권자(저자)에게 있으므로 인용이나 발췌를 금합니다.

幻
환
2
天 符 經

근본
하나에서
비롯하였어도
비롯함이 없는 하나이며,
하나의 근본은
무한 궁극窮極의 종극終極이어도
하나는 무궁조화無窮造化가 끝없는 하나이다.

K 관음출판사

| 차 | 례 |

1장_
천부경 내용

천부경 내용

천부경(天符經)의
천부(天符)의 뜻은,
무궁천(無窮天)의 진리(眞理)이니,

천부경(天符經)은,
무궁천(無窮天)의 진리(眞理)인,
무궁천(無窮天), 섭리(攝理)의 세계를 밝힘이네.

천부경(天符經)의 내용은,
무시무종(無始無終)의 성품, 절대성(絕對性)인,
한 성품의 본성(本性)으로부터,
천지인(天地人)이, 생성(生成)이 되어,

이(是),
천지인(天地人)이, 한 성품의 섭리로,

무한상생조화(無限相生造化)의 어우름인,
시방(十方), 한 생명성(生命性)의 세계,
천지만물(天地萬物), 우주조화(宇宙造化)의
무한무궁창생(無限無窮創生)의 길을 열어,
천지인(天地人)과 만물만생(萬物萬生)이
한 어우름 속에 운행하는,
한 성품, 일시(一始)의 진리세계를 전하며,
또한, 밝힘이네.

이(是),
일시(一始)의 한 성품,
무한조화(無限造化)의 시방세계(十方世界),
무한무궁창생(無限無窮創生) 속에
만물만생(萬物萬生)이 변화무쌍(變化無雙) 하여도,
일시(一始)의 근본(根本) 본성(本性)은,
무수창생(無數創生), 생멸변화(生滅變化) 속에도,
동(動)함이 없어,

생멸변화(生滅變化)가 없는
부동(不動)의 성품인, 본성(本性)은,
동(動)함 없는 불변(不變)의 성품으로,
절대성(絶對性), 본래(本來)의 모습, 그대로임을

천부경(天符經)에는 밝히며,

이(是),
일시무시일(一始無始一)이며,
일종무종일(一終無終一)인, 절대성(絕對性)의 성품,
무한상생조화(無限相生造化)의 한 어우름 세계인,
천지인(天地人), 무한상생(無限相生),
무궁조화(無窮造化)의 섭리와 운행세계의 이치를
밝히며, 드러내고 있네.

또한,
본심(本心)은, 본래(本來) 어둠이 없어,
태양처럼 밝고 밝아,
본심본태양앙명(本心本太陽昂明)의
그 본심(本心)의, 밝고 밝은 성품 속에는,
천지인(天地人)이 다름 없는, 하나인,
한 성품이며,

또한,
천지인(天地人)이, 하나인
그 궁극(窮極), 종극(終極)의 성품은,
또한, 종극(終極)의 끝이 아닌,

끝없는, 무한무궁조화(無限無窮造化)의 성품임을
밝히며, 드러내고 있네.

이(是),
천부경(天符經)은,
근본(根本), 한 성품으로 생성된
천지인(天地人)과
무한무궁창생조화(無限無窮創生造化)의
시방세계(十方世界)와
무시무종(無始無終), 불변(不變)의 본성(本性)과
본래(本來), 본심(本心)의 밝은 성품에는,
천지인(天地人)이 하나이며,

또한, 그 성품은,
무시무종성(無始無終性)으로,
끝없는, 무궁창생조화(無窮創生造化)의
무한무궁(無限無窮) 성품임을
밝히고 있네.

우주의
광명이 무변허공에 충만해
그 빛이
인간 정신(精神)에 빛의 파동이 되어 흐르니
그 빛의 파동을 따라
소리로 읊조리니
그것이 천부경(天符經)이네.

2장_
천부경 본문

천부경 본문

中	本	衍	運	三	三	一	盡	一
天	本	萬	三	大	天	三	本	始
地	心	往	四	三	二	一	天	無
一	本	萬	成	合	三	積	一	始
一	太	來	環	六	地	十	一	一
終	陽	用	五	生	二	鉅	地	析
無	昂	變	七	七	三	無	一	三
終	明	不	一	八	人	匱	二	極
一	人	動	妙	九	二	化	人	無

一始無始一
일 시 무 시 일

析三極無盡本
석 삼 극 무 진 본

天一一地一二人一三
천 일 일 지 일 이 인 일 삼

一積十鉅無匱化三
일 적 십 거 무 궤 화 삼

天二三地二三人二三
천 이 삼 지 이 삼 인 이 삼

大三合六生七八九運
대 삼 합 육 생 칠 팔 구 운

三四成環五七一妙衍
삼 사 성 환 오 칠 일 묘 연

萬往萬來用變不動本
만 왕 만 래 용 변 부 동 본

本心本太陽昂明人中天地一
본 심 본 태 양 앙 명 인 중 천 지 일

一終無終一
일 종 무 종 일

3장_
천부경 본문 새김

천부경 본문 새김

一始無始一
일 시 무 시 일

일시(一始)여도
무시일(無始一)이다.

析三極無盡本
석 삼 극 무 진 본

석삼극(析三極) 무진본(無盡本)이니

天一一地一二人一三
천 일 일 지 일 이 인 일 삼

천일일(天一一)이며 지일이(地一二)이며
인일삼(人一三)이니

一積十鉅無匱化三
일 적 십 거 무 궤 화 삼

일적십거(一積十鉅)로
무궤화삼(無匱化三)이다.

天二三地二三人二三
천 이 삼 지 이 삼 인 이 삼

천이삼(天二三)이며 지이삼(地二三)이며
인이삼(人二三)이니

大三合六生七八九運
대 삼 합 육 생 칠 팔 구 운

대삼합(大三合) 육생(六生)의
칠팔구운(七八九運)으로

三四成環五七一妙衍
삼 사 성 환 오 칠 일 묘 연

삼사성환오칠(三四成環五七)의

일묘연(一妙衍)이니

萬往萬來用變不動本
만 왕 만 래 용 변 부 동 본

만왕만래용변(萬往萬來用變)이어도
부동본(不動本)이다.

本心本太陽昻明人中天地一
본 심 본 태 양 앙 명 인 중 천 지 일

본심본태양앙명(本心本太陽昻明)으로
인중천지일(人中天地一)이니

一終無終一
일 종 무 종 일

일종(一終)이어도
무종일(無終一)이다.

一始無始一
일 시 무 시 일

일시(一始)여도 무시일(無始一)이다.

하나에서 비롯하였어도
비롯함이 없는 하나이다.

析三極無盡本
석 삼 극 무 진 본

석삼극(析三極) 무진본(無盡本)으로

삼극(三極)으로 나뉘어
다함 없는 조화(造化)의 근본(根本)으로

天一一地一二人一三
천 일 일 지 일 이 인 일 삼

**천일일(天一一)이며 지일이(地一二)이며
인일삼(人一三)이니**

하늘은 한 성품에서 비롯한 첫 번째이며
땅은 한 성품에서 비롯한 두 번째이며
사람은 한 성품에서 비롯한 세 번째이니

一積十鉅無匱化三
일 적 십 거 무 궤 화 삼

일적십거(一積十鉅)로
무궤화삼(無匱化三)이다.

천지인(天地人)이
하나로 어우른 조화[一積:造化] 속에
시방세계[十鉅:十方世界]를 두루 형성하여,
천지인[三:天地人]의 조화(造化)가 다함이 없는
세계이다.

天二三地二三人二三
천 이 삼 지 이 삼 인 이 삼

천이삼(天二三)이며 지이삼(地二三)이며
인이삼(人二三)이니

그 하늘은,
땅과 사람[二]과 어우른 조화(造化)의
셋을 이루었고,

그 땅도,
하늘과 사람[二]과 어우른 조화(造化)의
셋을 이루었으며,

그 사람도,
하늘과 땅[二]과 어우른 조화(造化)의
셋을 이루었으니

大三合六生七八九運
대 삼 합 육 생 칠 팔 구 운

대삼합(大三合) 육생(六生)의
칠팔구운(七八九運)으로

천지인(天地人) 대(大) 삼합(三合)
육생(六生)의 상생조화(相生造化)의 섭리 속에
칠팔구(七八九) 천지인(天地人)의
무궁창생(無窮創生)
무궁조화(無窮造化)의 운행(運行)으로

三四成環五七一妙衍
삼 사 성 환 오 칠 일 묘 연

삼사성환오칠(三四成環五七)의
일묘연(一妙衍)이니

천지인[三:天地人]의 사방[四:四方]과
중앙[五:中央]과 상하[七:上下]의 세계를
두루 이루어[成環],
불가사의(不可思議) 조화(造化)의
일묘(一妙)의 세계[衍:世界]로 벌어져

萬往萬來用變不動本
만 왕 만 래 용 변 부 동 본

만왕만래용변(萬往萬來用變)이어도
부동본(不動本)이다.

만물(萬物)이 생성(生成)하고 소멸(消滅)하며
만물(萬物)이 갈아들고 운행(運行)하는
무궁조화(無窮造化)의 작용은 끊임이 없어도,
근본 하나의 성품은 변함이 없이 부동(不動)이다.

本心本太陽昂明人中天地一
본 심 본 태 양 앙 명 인 중 천 지 일

**본심본태양앙명(本心本太陽昂明)으로
인중천지일(人中天地一)이니**

본심(本心)은
본래(本來), 태양처럼 두루 밝고 밝음으로,
사람의 성품 중에는 천지(天地)가 하나이니

一終無終一
일 종 무 종 일

일종(一終)이어도 무종일(無終一)이다.

하나의 근본(根本)은
무한(無限) 궁극(窮極)의 종극(終極)이어도
그 하나는, 무궁(無窮)의 조화(造化)가 끝이 없는
근본(根本)의 하나이다.

天符經은
글이 아니라,
우주의
영원한 불가사의,
끝없는
우주의 운행과 그 실상의 모습을 담은
천지인의 섭리가 쉼 없는
생명이
살아가는 삶의 진리이네.

4장_
천부경 해석

1. 一始無始一
일 시 무 시 일

일시(一始)여도
무시일(無始一)이다.

하나에서 비롯하였어도
비롯함이 없는 하나이다.

이(是),
일시(一始)는, 일(一)은 근본이며 본성이니
일시(一始)는, 한 성품 본성에서 비롯함이며,
무시일(無始一)은, 본성은 생성된 성품이 아닌,
본래부터 항상 존재하는 성품임을 밝힘이네.

이 내용은,
천지인(天地人), 만물(萬物)의 근본(根本) 성품인,
일(一)의 특성에 대해, 밝힘이네.

이 뜻은,
천지인(天地人)의 근본 성품은,
무엇을 인연하여, 생성(生成)된 것이 아닌,

본래(本來)부터, 항상하는,
시종(始終) 없는, 무시무종성(無始無終性)임을,
밝힘이네.

이는,
만물(萬物)의 근본(根本), 본성(本性)은,
본래(本來), 없는 성품이,
무엇에 의해, 생성(生成)되었거나,
무엇에 의해, 창조(創造)된 것이 아닌, 성품으로,
본래(本來)부터, 항상 존재(存在)하는, 성품임을,
뜻함이네.

일시(一始)의,
일(一)의 뜻은, 근본(根本)을 뜻하며,
근본(根本) 한 성품, 일성(一性)을 뜻함이니,

일(一)은,
곧, 천지인(天地人), 만물(萬物)을 생성(生成)하는,

근본(根本) 성품이네.

이(是),
일(一)은, 본래(本來)의 성품으로,
만물(萬物)의 근본(根本) 성품을, 일컬음이네.

그러므로,
일시(一始)는,
곧, 천지인(天地人)의 일체(一切) 세계가,
근본(根本), 한 성품에서 비롯하였음을
뜻함이네.

이는,
천지인(天地人)과 만물(萬物), 그 존재(存在)의
근본(根本)과 근원(根源)이,
각각, 다름이 아니라,
하나의 근본 본성(本性)으로부터, 비롯하였음을
뜻함이네.

무시일(無始一)이란,
비롯함이 없는, 하나이다.

이는,

천지인(天地人)이, 하나의 근본에서 비롯하였어도,

그 하나의 근본 성품인, 본성(本性)은,

우연히 생겨나거나, 창조된 것이 아닌,

본래(本來), 시종(始終)이 없고, 생멸(生滅) 없이,

항상하는 성품으로,

생성(生成)과 소멸(消滅)이 없어,

본래(本來), 처음도 없고, 끝도 없는,

무시무종성(無始無終性)임을, 뜻함이네.

2. 析三極無盡本
석 삼 극 무 진 본

석삼극(析三極)
무진본(無盡本)으로

삼극(三極)으로 나뉘어
다함 없는 조화(造化)의 근본(根本)으로

이 내용은,
석(析)은, 나뉨을 일컬으며
삼(三)은, 천지인(天地人)을 일컬으며
극(極)은, 존재(存在)를 일컬음이며
무진(無盡)은, 다함이 없음을 일컬으며
본(本)은, 근본(根本)을 일컬음이네.

이는,
하나의 근본에서, 천지인(天地人)이 나왔으며,

이, 하나의 근본(根本) 성품은,
천지인(天地人)의 무궁조화(無窮造化)가 끝없는,
근본(根本) 성품임을, 밝힘이네.

이 뜻은,
하나의, 근본(根本) 성품에서,
천지인(天地人)이, 생성(生成)되었으며,
그 근본(根本), 하나의 성품은,
천지인(天地人)의 조화(造化)가, 다함 없는,
무궁조화(無窮造化)의 근본(根本)임을, 뜻함이네.

석삼극(析三極)이란,
근본(根本), 하나의 성품에서,
천지인(天地人)의 존재(存在)가, 생성(生成)되어,
천지인(天地人)의 삼극(三極)이 나뉘었음을,
일컬음이네.

여기에서, 극(極)이란,
존재(存在), 성품(性品), 궁극(窮極), 자(自),
실(實), 체(體)를 뜻함이니,

삼극(三極)은,

천지인(天地人)의 존재(存在)
천지인(天地人)의 성품(性品)
천지인(天地人)의 궁극(窮極)
천지인(天地人)의 자(自)
천지인(天地人)의 실(實)
천지인(天地人)의 체(體)를 일컬음이네.

이(是),
무진본(無盡本)이란,
근본(根本) 하나의 성품은, 삼극(三極)인,
천지인(天地人)의 그 조화(造化)가 끝이 없는,
무궁조화(無窮造化)의 근본(根本) 성품임을
뜻함이네.

이는,
천지인(天地人)의 조화(造化)가, 다함 없음이,
근본(根本), 한 성품의 조화(造化)임을,
뜻함이네.

3. 天一一地一二人一三
천 일 일 지 일 이 인 일 삼

천일일(天一一)이며 지일이(地一二)이며
인일삼(人一三)이니

하늘은 한 성품에서 비롯한 첫 번째이며
땅은 한 성품에서 비롯한 두 번째이며
사람은 한 성품에서 비롯한 세 번째이니,

이는,
천일(天一), 지일(地一), 인일(人一)의 일(一)은,
일시(一始)의 일(一)이며,
무시일(無始一)의 일(一)이네.

천일일(天一一), 지일이(地一二),
인일삼(人一三)의 일(一), 이(二), 삼(三)은,
한 성품, 본성(本性)의 섭리로부터, 생성(生成)된
섭리(攝理)의 순리(順理), 순서이네.

이 내용은,
하늘은, 한 성품에서 생성(生成)된, 첫 번째이며,
땅은, 한 성품에서 생성(生成)된, 두 번째이며,
사람은, 한 성품에서 생성(生成)된, 세 번째임을
밝힘이네.

이 뜻은,
근본(根本), 본성(本性)인 한 성품에서
천지인(天地人)이, 생성(生成)되었어도,
생성섭리(生成攝理)의 이치(理致)인, 순리(順理)가
있음이니,
첫째가 하늘이며, 둘째가 땅이며,
셋째가 사람임을, 뜻함이네.

천일일(天一一)은,
하늘은, 하나의 성품, 본성(本性)에서 생성된
첫 번째임을, 밝힘이네.

이는,
천지인(天地人)이, 한 성품에서 비롯하였어도,
천지인(天地人) 중에, 만물(萬物)을 수용할
허공성(虛空性)이, 먼저 열림을 뜻함이네.

지일이(地一二)는,
땅은, 하나의 성품, 본성(本性)에서 생성(生成)된
두 번째임을, 밝힘이네.

이는,
천지인(天地人)이, 한 성품에서 비롯하였어도,
천지인(天地人) 중에, 만물(萬物)이 뿌리를 내리고,
생명이 살아갈 땅이, 하늘 다음, 두 번째로
생성(生成)되었음을, 뜻함이네.

인일삼(人一三)은,
사람은, 하나의 본성(本性)에서 생성(生成)된
세 번째임을, 밝힘이네.

이는,
천지인(天地人)이, 한 성품에서 비롯하였어도,
천지인(天地人)의 삼극(三極) 중에,
만물(萬物)을 수용할 허공이, 먼저 열리고,

그 다음은,
허공천(虛空天) 속에,
만물이 뿌리를 내리고 살아갈 땅이, 생성되며,

그 다음은,
하늘과 땅의, 천지만물(天地萬物) 속에 살아갈,
사람이, 세 번째로 생성되었음을, 뜻함이네.

4. 一積十鉅無匱化三
일 적 십 거 무 궤 화 삼

일적십거(一積十鉅)로
무궤화삼(無匱化三)이다.

천지인(天地人)이
하나로 어우른 조화[一積:造化] 속에
시방세계[十鉅:十方世界]를 두루 형성하여,
천지인[三:天地人]의 조화(造化)가 다함이 없는
세계이네.

이 내용의,
일적(一積)은, 적(積)은 쌓음이니
일적(一積)은, 천지인 한 어우름의 조화(造化)이며,
십거(十鉅)는, 거(鉅)는 큰 것이니
십거(十鉅)는, 한 어우름의 시방세계이며,
무궤(無匱)는, 궤(匱)는 다함이니
무궤(無匱)는, 다함이 없음이며,
화삼(化三)은, 삼(三)은 천지인(天地人)이니

화삼(化三)은, 천지인 무궁 조화(造化)이네.

이 내용은,
천지인(天地人)이, 하나로 어우른
조화[積:造化] 속에, 시방세계를 두루 형성하여,
천지인(天地人)의 그 무궁조화(無窮造化)가
다함 없는 세계를 이루었음을, 뜻함이네.

이 뜻은,
천일일(天一一), 지일이(地一二),
인일삼(人一三)이어도,
천지인(天地人)이 각각, 따로 존재함이 아니라,
천지인(天地人)이 하나로 어우른, 조화(造化) 속에,
시방세계를 두루 이루어,
천지인(天地人)의 그 무궁조화(無窮造化)가
다함 없는, 한 어우름 속에, 하나의 세상임을
뜻함이네.

일적(一積)이란,
천지인(天地人)이 하나로 어우른,
무한상생조화(無限相生造化)의 섭리(攝理)로,

만물만상(萬物萬象)의 세계가, 두루 형성되고,
널리 쌓임이네.

이는, 근본(根本),
한 성품으로 비롯하여, 생성(生成)된 삼극(三極)인,
천일일(天一一)
지일이(地一二)
인일삼(人一三)의 존재(存在)가,

하늘이, 땅과 사람과 상관(相關) 없이 존재하며,
땅이, 하늘과 사람과 상관(相關) 없이 존재하며,
사람이, 하늘과 땅과 상관(相關) 없이 존재함이
아니라,

천지인(天地人)이, 하나로 어우른 세상인,
무한상생조화(無限相生造化)의, 한 성품 세계임을,
일컬음이네.

그러므로, 일적(一積)은,
천지인(天地人)이, 하나로 어우른,
무한상생조화(無限相生造化)의 한 어우름 생태와
그 모습이네.

십거(十鉅)란,
천지인(天地人)이, 하나로 어우른 세상인,
시방세계(十方世界) 두루, 한 어우름의 큰 기틀을
이루었음을, 뜻함이니,

이는,
천지인(天地人)이 하나로 어우른,
상생조화(相生造化)의 상호작용(相互作用)으로,
한 어우름 속에, 생성변화(生成變化)하며 형성된,
천지인(天地人)이 하나의 큰 기틀인,
우주(宇宙)의 시방(十方)세계를 두루 이루었음을,
일컬음이네.

무궤화삼(無匱化三)이란,
천지인(天地人), 삼극(三極)인,
삼(三)의 조화(造化)가, 다함이 없음이니,

이는,
시방세계, 천지인(天地人)의 무궁조화(無窮造化)가,
다함이 없음을, 일컬음이네.

이(是),
일시무시일(一始無始一)로부터,
일적십거무궤화삼(一積十鉅無匱化三), 여기까지가,
천부경(天符經)의 내용 중,
경(經)의 상품(上品)에 해당하는, 상경(上經)이네.

상경(上經)에는,
일시무시일(一始無始一)인, 근본 성품은,
본래(本來), 없는 성품이 생성(生成)되었거나,
창조(創造)된 것이 아니라,
본래부터 항상하는 성품이므로,
무엇을 인연하여 생성(生成) 되었거나
비롯함이 없는,
무시성(無始性)임의 특성과

근본(根本),
하나의 성품에서 생성된, 천지인(天地人)과
천지인이 하나로 어우른 상생조화(相生造化)로,
시방(十方), 무궁조화(無窮造化)의 한 세계를
두루, 이루고 있음을, 밝힘이네.

5. 天二三地二三人二三
천 이 삼 지 이 삼 인 이 삼

천이삼(天二三)이며 지이삼(地二三)이며
인이삼(人二三)이니

**그 하늘은,
땅과 사람[二]과 어우른 조화(造化)의
셋을 이루었고,**

그 땅도,
하늘과 사람[二]과 어우른 조화(造化)의
셋을 이루었으며,

그 사람도,
하늘과 땅[二]과 어우른 조화(造化)의
셋을 이루었으니

이는, 천지인(天地人),

삼극(三極)의, 한 어우름의 세계를 밝힘이니,
천이(天二)는, 하늘은 땅과 사람과 어우름이며
지이(地二)는, 땅은 하늘과 사람과 어우름이며
인이(人二)는, 사람은 하늘과 땅과 어우름이네.

천이삼(天二三), 지이삼(地二三),
인이삼(人二三)의 삼(三)은
천지인(天地人) 삼극(三極)이, 무한상생(無限相生),
한 어우름의 모습이네.

천이삼(天二三)은,
천극(天極)은, 지극(地極)과 인극(人極)과 어우른,
삼극(三極)의, 한 어우름의 무한상생(無限相生),
섭리(攝理)의 조화천(造化天)이며,

지이삼(地二三)은,
지극(地極)은, 천극(天極)과 인극(人極)과 어우른,
삼극(三極)의, 한 어우름의 무한상생(無限相生),
섭리(攝理)의 조화지(造化地)이며,

인이삼(人二三)은,
인극(人極)은, 천극(天極)과 지극(地極)과 어우른,

삼극(三極)의, 한 어우름의 무한상생(無限相生),
섭리(攝理)의 조화인(造化人)이네.

극(極)이란,
존재(存在), 성품, 궁극(窮極), 자(自), 실(實),
체(體)를 뜻함이네.

이 내용은,
일적십거무궤화삼(一積十鉅無匱化三)인,
천지인(天地人), 무한상생조화(無限相生造化)의
세계를, 조명(照明)함이네.

이는,
천일일(天一一), 지일이(地一二),
인일삼(人一三)이어도,
근본(根本), 하나의 성품으로 비롯하여 생성된
삼극(三極)인, 천지인(天地人)이,
서로 각각, 따로 존재하는 것이 아니라,

하늘은,
땅과 사람과 하나로 어우른
천지인(天地人), 상생조화(相生造化)의 하늘이며,

땅도,
하늘과 사람과 하나로 어우른
천지인(天地人), 상생조화(相生造化)의 땅이며,

사람도,
하늘과 땅과 하나로 어우른
천지인(天地人), 상생조화(相生造化)의 사람임을
밝힘이네.

이 내용의 뜻은,
일시무시일(一始無始一)의 한 성품에서
천지인(天地人)이, 각각 그 성품과 성질이 다른,
삼극(三極)으로 생성되었어도,
삼극(三極)이, 서로 어우른 상생조화(相生造化)의
한 어우름, 하나의 세상을 이루고 있음을
뜻함이네.

6. 大三合六生七八九運
대 삼 합 육 생 칠 팔 구 운

대삼합(大三合) 육생(六生)의
칠팔구운(七八九運)으로

천지인(天地人) 대(大) 삼합(三合)
육생(六生)의 상생조화(相生造化)의 섭리(攝理)는
칠팔구(七八九) 천지인(天地人)의 무궁창생(無窮創生)
무궁조화(無窮造化)의 운행(運行)으로

이는,
대삼합(大三合)은, 천지인이 어우른 큰 기틀이며,
육생(六生)은, 천지인(天地人)이 서로 어우른
상생조화(相生造化)의 관계이며,
칠팔구(七八九)는, 무한 생성(生成)과 창조의
새로운 변화와 창조의 천지인(天地人)이며,
운(運)은, 천지인(天地人) 무궁조화(無窮造化)의
운행세계이네.

이 내용은,
천이삼(天二三), 지이삼(地二三), 인이삼(人二三),
천지인(天地人) 삼극(三極)의
대삼합(大三合), 상생조화(相生造化)인,
육생(六生)의 무궁조화(無窮造化)로,

무한 창조와 변화의 생성운행(生成運行) 속에,
천지인(天地人), 무궁창생(無窮創生) 조화(造化)의
시방세계(十方世界)가, 두루 펼쳐짐을 밝힘이네.

이 내용의 뜻은,
천지인, 삼극(三極)의 상생조화(相生造化)로,
새로운 생성(生成)과 변화(變化)와 창조(創造)의
무궁창생(無窮創生) 조화(造化)의 세계,
천지인, 시방세계(十方世界)의 조화(造化)가
두루, 펼쳐짐을 뜻함이네.

대삼합(大三合)이란,
천지인(天地人), 삼극(三極)이 하나로 어우른,
상생조화(相生造化)의 큰 기틀을 이루어
상호작용하는, 하나의 모습이며, 형태이네.

이는,
천지인(天地人), 상생조화(相生造化)의 섭리로,
하나로 어우른, 조화(造化)의 세계이네.

육생(六生)이란,
천이삼(天二三), 지이삼(地二三), 인이삼(人二三),
상생조화(相生造化)의 섭리(攝理)인,
융화(融化)의 관계와 형태를,
육(六)의 섭리수리(攝理數理)로, 표현함이네.

육(六)은,
천이(天二), 지이(地二), 인이(人二)를 합(合)한,
천지인 상생섭리(相生攝理)의 수리(數理)로,
천지인(天地人), 상생조화(相生造化)의 관계,
어우름 섭리(攝理)의 형태를
수리(數理)인, 육(六)의 섭리로, 드러냄이네.

천이(天二)는,
하늘은,
땅과 사람과 어우른, 상생조화(相生造化)이며,

지이(地二)는,
땅은,
하늘과 사람과 어우른, 상생조화(相生造化)이며,

인이(人二)는,
사람은,
하늘과 땅과 어우른, 상생조화(相生造化)의
관계와 형태이네.

이는,
천지인(天地人)이 서로 어우른,
상생(相生)과 융화(融和)와 화합(和合)과
조화(造化)와 합일(合一)의 어우름 섭리(攝理)를,
수리(數理)인, 육(六)의 섭리로, 드러냄이니,

이는, 천지인(天地人),
상생융화(相生融化)의 연결관계(連結關係)와
조화(造化)의 섭리와 이치(理致)의 형태와 모습을,
수리(數理)인, 육(六)의 조화섭리(造化攝理)로
그 이치(理致)를, 드러냄이네.

칠팔구운(七八九運)이란,

무궁창생조화(無窮創生造化)의 천지인(天地人),
칠팔구(七八九)의 운행(運行)이네.

칠팔구(七八九)는,
천지인(天地人), 육(六)의 상생섭리의 작용인,
무궁조화(無窮造化)의 작용으로
새로운 생성(生成)과 변화(變化)의 모습인,
새로운 천지인(天地人)이 열린 세계가,
곧, 칠팔구(七八九)이네.

이는,
천지인(天地人), 상생조화(相生造化)의 어우름,
기본 섭리(攝理)인,
수리(數理), 육(六)의 기본 섭리의 작용으로,
무궁창생조화(無窮創生造化)의 생성(生成)과
창조(創造)에 의한,
새로운, 생성(生成)의 천지인(天地人)이,
곧, 칠팔구(七八九)이네.

새로운, 생성(生成)의 하늘이, 칠(七)임은,
생성된, 천(天)의 수리(數理), 일(一)이,
천지인(天地人), 상생섭리의 기본수(基本數),

육(六)의 섭리작용에서, 생성(生成)된 하늘이므로,

이, 새로운 하늘은, 곧, 칠(七)이 됨이니.

이, 칠(七)은,

천지인(天地人) 섭리의 기본수, 육(六)에서,

새로운, 생성(生成)의 하늘인,

새로운 천(天)의 수리(數理)인 일(一)이, 더해진

것이네.

또한,

새로운, 생성(生成)의 땅이, 팔(八)임은,

생성된, 땅의 수리(數理), 이(二)가,

천지인(天地人), 상생섭리의 기본수(基本數),

육(六)의 섭리작용에서, 생성(生成)된 땅이므로,

이, 새로운 땅은, 곧, 팔(八)이 됨이니.

이, 팔(八)은,

천지인(天地人), 섭리의 기본수, 육(六)에서,

새로운, 생성(生成)의 땅인

새로운 지(地)의 수리(數理)인 이(二)가, 더해진

것이네.

또한,

새로운, 생성(生成)의 사람이, 구(九)임은,

생성된, 사람의 수리(數理), 삼(三)이,

천지인(天地人), 상생섭리의 기본수(基本數),
육(六)의 섭리작용에서, 생성(生成)된 사람이므로,
이, 새로운 사람은, 곧, 구(九)가 됨이니.
이, 구(九)는,
천지인(天地人), 섭리의 기본수, 육(六)에서,
새로운, 생성(生成)의 사람인
새로운 인(人)의 수리(數理)인 삼(三)이, 더해진
것이네.

그러므로,
칠팔구(七八九)는,
천지인(天地人)이 한 어우름,
상생섭리(相生攝理)의 수리(數理), 육(六)에서,

천지인(天地人) 상생섭리(相生攝理)의
육(六)의 조화(造化)로,
새로운 천지인(天地人) 삼극(三極)이 열린
새로운 변화와 생성(生成)의 하늘인 일(一)과
새로운 변화와 생성(生成)의 땅인 이(二)와
새로운 변화와 생성(生成)의 사람인 삼(三)이
새롭게 열림이네.

그러므로,
수리(數理), 칠팔구(七八九)는,
새로운 변화와 생성(生成)의 조화(造化)로 열린,
새로운 생성(生成)의 하늘과 땅과 사람의
생성수리(生成數理)이네.

이는,
천지인(天地人), 상호작용(相互作用),
섭리(攝理)의 기본수(基本數),
육(六)의 섭리작용(攝理作用)으로 생성(生成)된,
새로운 변화(變化)와 생성(生成)과 창조(創造)의
새로운 천지인(天地人)의 삼극(三極)이니,
새로운 생성의 하늘, 땅, 사람의 수리(數理)인
새로운 일(一), 이(二), 삼(三)의 수(數)가,
육(六)의 섭리, 기본수(基本數)에서 더해지니,
새롭게 열린 세상,
새로운 하늘, 일(一)이 곧, 칠(七)이 되며,
새로운 땅, 이(二)가 곧, 팔(八)이 되며,
새로운 사람, 삼(三)이 곧, 구(九)가 됨이네.

이(是),
수(數)의 일(一), 이(二), 삼(三)은,

곧, 천지인(天地人) 삼극(三極)의 수(數)이니,
이는,
천지인(天地人) 삼극(三極)의 기본수(基本數)로,

곧,
일(一)의 수(數)는, 천지인(天地人) 삼극(三極) 중,
천(天)의 기본수(基本數)이니,
일(一)은, 곧, 하늘을 일컫는 섭리수(攝理數)이네.

또한,
이(二)의 수(數)는, 천지인(天地人) 삼극(三極) 중,
지(地)의 기본수(基本數)이니,
이(二)는, 곧, 땅을 일컫는 섭리수(攝理數)이네.

또한,
삼(三)의 수(數)는, 천지인(天地人) 삼극(三極) 중,
인(人)의 기본수(基本數)이니,
삼(三)은, 곧, 사람을 일컫는 섭리수(攝理數)이네.

그러므로,
칠팔구(七八九)는,
천지인(天地人)이 어우른, 섭리의 기본수(基本數),

육(六)의 작용에서, 생성과 변화와 창조로 열린,
새로운, 하늘을 일컫는 일(一)과
새로운, 땅을 일컫는 이(二)와
새로운, 사람을 일컫는 삼(三)인,
새로운 생성의 일(一), 이(二), 삼(三)의 수(數)가,
천지인, 상호작용 섭리의 기본수(基本數)인
육(六)에서, 일(一), 이(二), 삼(三)의 수(數)가
각각, 더해져,
새로운 하늘, 새로운 땅, 새로운 사람인,
그 새로운 천지인(天地人)의 수리(數理)가
곧, 칠(七), 팔(八), 구(九)가 됨이네.

이(是),
칠팔구(七八九)의 수리(數理)는,
천지인(天地人), 상생조화(相生造化)의 섭리로,
새롭게 열린 하늘이 칠(七)이며
새롭게 열린 땅이 팔(八)이며
새롭게 열린 사람이 구(九)이네.

이는,
천지인(天地人), 상생섭리의 작용 기본수(基本數),
육(六)의 섭리작용(攝理作用)인
무한무궁상생조화(無限無窮相生造化)의 섭리 속에,

칠(七)은, 새로운 변화와 생성과 창조의 하늘이며
팔(八)은, 새로운 변화와 생성과 창조의 땅이며
구(九)는, 새로운 변화와 생성과 창조의 사람이네.

그러므로,
새로운 생성(生成)의 하늘에 해당하는,
수(數)의 칠(七)은,
천지인(天地人) 한 어우름, 상생조화(相生造化)의
기본섭리(基本攝理)의 수리(數理)인,
육(六)의, 섭리작용(攝理作用)에서 생성(生成)된,
새롭게 열린, 창조(創造)의 하늘이네.

이(是),
새로운 하늘인 칠(七)은,
천지인(天地人) 한 어우름, 상생조화(相生造化)의
기본수(基本數), 육(六)의 작용에서 열린,
새로운 하늘인, 새로운 천(天)이니,

이(是),
새로운 하늘인 칠(七)은,
기본수(基本數), 육(六)의 바탕에서 생성(生成)된,
새로운 창조(創造)의 하늘을 일컬음이네.

이는,

천지인, 상생융화(相生融化) 상호작용의 섭리인,

하늘은, 땅과 사람과 무한 상생 상호작용하며

땅은, 하늘과 사람과 무한 상생 상호작용하며

사람은, 하늘과 땅과 무한 상생 상호작용하는,

천지인(天地人), 상호작용 융화(融化)의 관계인

육(六)의 섭리(攝理), 기본수(基本數)에서 열린,

새로운 생성(生成)과 변화의 하늘에 해당하는

새로운 하늘, 일(一)의 수(數)가,

기본수(基本數), 육(六)에서 일(一)이 더해지니,

그러므로, 새로운 하늘이, 곧, 칠(七)이 됨이네.

그러므로, 칠(七)은, 곧,

천지인(天地人) 섭리의 기본수(基本數),

육(六)의 상생조화(相生造化)의 섭리(攝理)로

생성(生成)된,

새로운, 창조(創造)의 하늘이네.

또한,

새로운 생성(生成)의 땅에 해당하는

수리(數理)의 팔(八)은,

천지인(天地人) 한 어우름, 상생조화(相生造化)의

기본섭리(基本攝理)의 수리(數理)인,
육(六)의, 섭리작용(攝理作用)으로 생성(生成)된,
새롭게 열린, 창조(創造)의 땅이네.

이(是),
새로운 땅인 팔(八)은,
천지인(天地人) 한 어우름, 상생조화(相生造化)의
기본수(基本數), 육(六)의 작용에서 열린,
새로운 생성(生成)의 땅이므로,

이(是),
새로운 땅인 팔(八)은,
기본수(基本數), 육(六)의 바탕에서 생성(生成)된,
새로운 땅의 수리(數理), 이(二)가 더해진 것이네.

이는,
곧, 천지인(天地人)의 섭리,
육(六)의 바탕, 기본수(基本數)에서 열린
새로운 생성과 변화의 모습, 팔(八)의 땅이니,
그러므로, 이 팔(八)의 새로운 땅은,
육(六)의 바탕, 기본수(基本數)에서,
새롭게 열린 땅에 해당하는, 이(二)의 수(數)가,
기본수(基本數), 육(六)에서 이(二)가 더해지니,

그러므로, 새로운 땅이, 곧, 팔(八)이 됨이네.

그러므로, 팔(八)은, 곧,
천지인(天地人) 섭리의 기본수(基本數),
육(六)의 상생조화(相生造化)의 섭리(攝理)로
생성(生成)된,
새로운, 생성과 창조(創造)의 땅이네.

또한,
새로운 생성(生成)의 사람에 해당하는
수리(數理)의 구(九)는,
천지인(天地人) 한 어우름, 상생조화(相生造化)의
기본섭리(基本攝理)의 수리(數理)인,
육(六)의, 섭리작용(攝理作用)에서 생성(生成)된,
새로운 생성과 창조(創造)의 사람이네.

이(是),
새로운 사람인 구(九)는,
천지인(天地人) 한 어우름, 상생조화(相生造化)의
기본수(基本數), 육(六)의 작용에서 열린,
새로운 생성(生成)의 사람이므로,

이(是),
새로운 사람인 구(九)는,
기본수(基本數), 육(六)의 바탕에서 생성(生成)된,
새로운, 생성(生成)과 창조(創造)의 사람으로,
이 또한, 천지인(天地人) 삼극수(三極數) 중에,
사람의 수리(數理), 삼(三)에 해당하는
새로운 사람이네.

이는,
곧, 천지인(天地人)의 섭리,
육(六)의 바탕, 기본수(基本數)에서 열린,
새로운 생성과 변화에 의한, 구(九)의 사람이니,
그러므로, 이 구(九)의 새로운 사람은,
육(六)의 바탕, 기본수(基本數)에서,
새롭게 열린 사람의 수리(數理)인 삼(三)이,
기본수(基本數), 육(六)에서 삼(三)이 더해지니,
그러므로, 새로운 사람이, 곧, 구(九)가 됨이네.

그러므로, 구(九)는, 곧,
천지인(天地人) 섭리의 기본수(基本數),
육(六)의 상생조화(相生造化)의 섭리(攝理)로
생성(生成)된,
새로운, 생성과 창조(創造)의 사람이네.

그러므로,

칠팔구운(七八九運)은,

천지인(天地人), 대(大) 삼합(三合)인,

하늘이, 땅과 사람과 어우른 천이(天二)와

땅이, 하늘과 사람과 어우른 지이(地二)와

사람이, 하늘과 땅과 어우른 인이(人二)의

대삼합(大三合), 천지인(天地人)의 섭리,

무한상생(無限相生), 육생(六生)의 섭리작용인,

무한상생조화(無限相生造化)의 섭리 속에,

새로운, 무한 생성조화(生成造化)인

무한무궁(無限無窮), 천지인의 세계가 끝없는

무한(無限) 무궁조화(無窮造化)의

새로운, 생성(生成)의 천지인(天地人)이 열리는

무한 무궁조화의 천지인(天地人)의 세계이네.

이는,

새로운 생성(生成)과 창조(創造)가 끊임 없는

천지인, 무궁창생(無窮創生)의 조화(造化)가

끊임없이 열리어 펼쳐지는,

천지인(天地人) 상생섭리의 무한무궁(無限無窮)

생성변화(生成變化)의 세계이네.

그러므로,

천지인(天地人), 한 어우름 상생조화(相生造化),

무궁조화(無窮造化)의 섭리는,

천지인(天地人)의 세계가, 끝없이 열리는

무궁조화(無窮造化)의 천지인(天地人)의 세계,

칠팔구(七八九), 무한(無限) 무수창생(無數創生)의

천지인(天地人), 생성운행(生成運行)의 섭리인,

천지인(天地人), 무궁조화(無窮造化)의 세계를

드러냄이네.

이는,

일시무시일(一始無始一)의

석삼극무진본(析三極無盡本)인

천이삼지이삼인이삼(天二三地二三人二三)의

대삼합육생칠팔구운(大三合六生七八九運)의

세계이며,

또한,

일종무종일(一終無終一)인,

무궁조화(無窮造化)의 무종일(無終一)의 섭리이니,

천지인(天地人), 한 어우름 상생조화(相生造化)로,

무궁조화(無窮造化)의 새로운, 생성(生成)의 세계,

무한 무수변화(無數變化)의 천지인의 현상계가,
시방세계 끝없이 만물(萬物)을 창조하며,
끝없는, 무궁조화(無窮造化)의 운행이
끊임이 없이, 열리어 펼쳐지는,
천지인(天地人) 무궁조화(無窮造化), 섭리(攝理)의
세계를 밝힘이네.

7. 三四成環五七一妙衍
삼 사 성 환 오 칠 일 묘 연

삼사성환오칠(三四成環五七)의
일묘연(一妙衍)이니

천지인[三:天地人] 사방[四:四方]과
중앙[五:中央]과 상하[七:上下]의 세계를
두루 이루어[成環],
불가사의(不可思議) 조화(造化)의
일묘(一妙)의 세계[衍:世界]로 벌어져

이는, 천지인 시방세계(十方世界)이니,
삼(三)은, 천지인(天地人) 삼극(三極)이며
사(四)는, 동서남북(東西南北) 사방(四方)이며
성환(成環)은, 환(環)은 둥근 고리이니
성환(成環)은, 시방세계를 두루 이룸이며,
오(五)는, 시방(十方)의 중앙(中央)이며
칠(七)은, 상하(上下)의 세계이네.

일묘연(一妙衍)은,

일(一)은, 천지인(天地人)이 어우른 한 세계이며

묘(妙)는, 불가사의(不可思議)이며

연(衍)은, 넓고 광대(廣大)함이니

연(衍)은, 시방 두루 광활히 펼쳐져 있음이네.

이 내용은,

천지인, 대삼합(大三合) 육생(六生)의 작용으로,

무궁창생(無窮創生), 칠팔구운(七八九運)의

천지인(天地人), 운행의 현상세계인,

불가사의, 시방세계(十方世界) 운행의 현상계를,

수리(數理)로 드러냄이네.

이는,

천지인(天地人), 육생(六生)의 섭리인,

상생조화(相生造化)의 시방세계(十方世界)로,

동서남북(東西南北), 사방(四方)과

중앙과 상하(上下) 두루, 상생조화(相生造化)의

어우름, 한 세계를 광활(廣闊)하게 이루어,

시방(十方) 두루, 끝없이 펼쳐져,

끊임 없는 천지인(天地人) 상생조화(相生造化)의

한 어우름, 일묘(一妙)의 한 세계이네.

이는,
불가사의하고 심오(深奧)한,
무궁창생(無窮創生) 천지인(天地人)의 세계가
시방(十方) 두루 펼쳐져 있는,
무한, 현상세계(現象世界)를 일컬음이네.

이는,
삼(三)인, 천지인(天地人)의 세계,
사(四)인, 사방(四方)과
오(五)인, 중앙(中央)과
칠(七)인, 상하(上下)의 시방세계가,
성환(成環)으로, 두루 상호작용 속에 연결되어,
육생(六生)의 섭리(攝理) 관계인
상생조화(相生造化)의 인연관계 속에,
상호작용의 연결고리를 형성해,
한 어우름의, 광활한 형태를 이루고 있음이네.

그러므로,
삼사성환오칠(三四成環五七)의 뜻은,
천지인, 상생조화(相生造化)의 섭리작용으로,

시방(十方), 두루 펼쳐진 세계가,
사방(四方)과 중앙(中央)과 상하(上下)의
무한 시방세계로, 두루 펼쳐져 상호작용하는,
무한, 상생조화(相生造化)의 한 어우름인,
광활(廣闊)한, 시방(十方) 무한, 하나의 세계를
두루, 형성해 있음이네.

일묘연(一妙衍)은,
불가사의, 한 어우름의 세계인, 일묘(一妙)로,
두루, 시방(十方) 널리 펼쳐져 있음을, 뜻함이네.

이는,
천지인(天地人), 상생조화(相生造化)의 어우름,
대삼합(大三合), 육생(六生)의 섭리작용으로,
불가사의 무궁창생(無窮創生),
한 어우름의 세계가,
무한, 시방(十方), 두루 펼쳐져 있음을 뜻함이네.

8. 萬往萬來用變不動本
만 왕 만 래 용 변 부 동 본

만왕만래용변(萬往萬來用變)이어도
부동본(不動本)이다.

만물(萬物)이 생성(生成)하고 소멸(消滅)하며
만물(萬物)이 갈아들고 운행(運行)하는
무궁조화(無窮造化)의 작용이 끊임이 없어도,
근본 하나의 성품은 변함이 없어 부동(不動)이다.

이는,
만왕(萬往)은, 만물이 소멸하고 시간이 흐름이며
만래(萬來)는, 만물이 소생하고 시절이 다시 돌아옴이
며
용변(用變)은, 만물의 흐름이 변화무쌍함이며
부동(不動)은, 만물의 변화에 동(動)함이 없음이며
본(本)은, 근본(根本) 성품이니,
이는, 곧, 일시무시일(一始無始一)이며,

일종무종일(一終無終一)의 성품이네.

이 내용은,
삼사성환오칠일묘연(三四成環五七一妙衍)인,
천지인(天地人), 상생조화(相生造化)의 운행세계,
밤과 낮, 춘하추동(春夏秋冬)이 흐르고,
만물만상(萬物萬象)이 생멸변화하며,

그, 무궁조화(無窮造化)의 작용이, 끊임없이
변화무쌍(變化無雙)하여도,
일시(一始)의 그 근본, 본성(本性)은,
천지인(天地人) 만물(萬物)의
무수변화(無數變化)의 운행에도,
동(動)함이 없는, 부동성(不動性)임을 일컬음이네.

이는,
천지인(天地人)의 조화(造化)가,
무한상생조화(無限相生造化)의 섭리를 따라,
끊임없이, 변화무쌍(變化無雙)하며,
만물만상(萬物萬象)의 생멸변화가, 끊임이 없어도,
그 본성(本性)은, 무수(無數) 생멸변화의 작용에도,
동(動)함이 없는, 부동성(不動性)임을,

일컬음이네.

이(是),
내용의 뜻은,
생멸(生滅)이 끊어진,
불가사의, 청정부동성(淸淨不動性)인,
본성(本性)의 성품을 밝히고, 드러냄이니,

이는,
만물(萬物)이 생멸하며, 변화무쌍(變化無雙)하여도,
그 본성(本性)은, 만물의 무수변화(無數變化)에도,
동(動)함이 없음을, 밝히며,
또한, 그, 본성(本性)의 성품은,
생멸(生滅)이 없는, 부동성(不動性)임을,
드러냄이네.

이(是),
만왕만래용변(萬往萬來用變)이란,
만왕만래(萬往萬來)는,
만물(萬物)이, 생멸변화(生滅變化)하며 갈아들고,
만물(萬物)이, 변화하며 운행함이니,
이는, 천지인, 만물이 생멸변화하며 흐르는,

무궁창생(無窮創生) 섭리의 현상계를
드러냄이네.

용변(用變)은,
만물(萬物)의 작용이, 끊임없이 생성소멸하며,
변화무쌍(變化無雙)함을 일컬음이니,
이는, 천지인(天地人) 무한상생(無限相生),
무궁조화(無窮造化)의 현상세계를, 드러냄이네.

부동본(不動本)이란,
만물(萬物)이, 생멸변화(生成變化)하며 운행하여도,
일시(一始)의 그 본성(本性)은,
천지인(天地人) 현상계의, 다양한 변화의 흐름인,
무수(無數), 생멸변화(生滅變化)의 운행에도,
동(動)함이 없어,
부동성(不動性)임을 밝힘이니,
이는, 무시무종(無始無終)의 본성(本性)이,
불변부동성(不變不動性)임을, 일컬음이네.

이는,
천지인(天地人)의, 근본(根本) 본성(本性)은,
현상계의 운행과 작용의 변화무쌍(變化無雙)에도,

동(動)함이 없는, 부동성(不動性)임을 뜻하며,

또한, 이는,
만물(萬物), 근본 성품의 특성을, 밝힘이네.

천이삼지이삼인이삼(天二三地二三人二三)으로부터
만왕만래용변부동본(萬往萬來用變不動本)까지가,
천부경(天符經)의 내용 중,
경(經)의 중품(中品)에 해당하는, 중경(中經)이네.

중경(中經)에는,
천지인(天地人)이 서로 어우른,
상생조화섭리(相生造化攝理)의 수리(數理),
육(六)의 섭리, 무한 상생작용의 관계 속에,
천지인(天地人), 상생섭리(相生攝理)의 작용으로,
시방세계, 일묘연(一妙衍)의 현상세계를 이루어,
그 작용의 변화와 운행이 끊임이 없어도,
일시(一始)이며, 무시일(無始一)의 성품인,
천지인(天地人)의 그 본성(本性)은,
동(動)함이 없고, 변함이 없는 부동본(不動本)임을,
밝히고 있음이네.

중경(中經)의 말미(末尾)에,
천지인(天地人) 만물의, 변화무쌍(變化無雙)에도,
근본(根本) 성품은,
부동본(不動本)임을, 드러냄은,

다음, 하품(下品)인, 하경(下經)에서,
천지인(天地人)이 하나인,
일시무시일(一始無始一)이며,
일종무종일(一終無終一)의 성품,
무시무종성(無始無終性)인 그 근본(根本) 일(一)의,
불가사의, 심법(心法)의 문(門)을,
열기, 위함이네.

9. 本心本太陽昻明人中天地一
본 심 본 태 양 앙 명 인 중 천 지 일

본심본태양앙명(本心本太陽昻明)으로
인중천지일(人中天地一)이니

본심(本心)은
본래(本來), 태양처럼 두루 밝고 밝음으로,
사람의 성품 속에는 천지(天地)가 하나이니

이는,
본심(本心)의 본(本)은, 근본(根本) 성품이니,
본심(本心)은, 근본 본래(本來)의 마음 성품을
일컬으며,

본태양앙명(本太陽昻明)의,
본(本)은, 근본(根本), 본래(本來)의 뜻이며
태양(太陽)은, 어둠 없이 두루 밝게 비침이며
앙(昻)은, 걸림 없이 두루 밝음이니,

본태양앙명(本太陽昻明)은,
본래, 태양처럼 걸림 없이 두루 밝고 밝음이네.

인중(人中)은, 사람의 성품 속이며
천지일(天地一)은, 천지(天地)와 하나이네.

이 내용은,
사람의 근본(根本) 마음인, 본심(本心)의 성품은,
본래(本來), 태양처럼 두루 밝고 밝음으로,
사람의 본심(本心), 그 밝은, 근본 성품 중에는,
천지(天地)와 하나인 성품임을, 밝힘이네.

이는,
천지인(天地人), 삼극(三極)의 상호작용(相互作用),
현상세계(現象世界)는,
서로 성품의 성질이 다른 삼극(三極)인
천지인(天地人), 상생조화(相生造化)의 셋이어도,
사람의 근본, 본심(本心)의 밝은 성품 중에는,
사람과 천지(天地)가 다름 없는,
한 성품임을, 밝힘이네.

이는, 곧,

천지인(天地人)이, 한 성품으로,

일시무시일(一始無始一)이며,

일종무종일(一終無終一)의 성품이 열린,

본심본태양앙명인(本心本太陽昻明人)의 밝음인,

성통광명(性通光明)의 세계이네.

이(是),

본심(本心)이란,

근본(根本) 성품의 마음이니,

본심본태양앙명인중천지일(本心本太陽昻明人中天地
一)에서,

본심(本心)을,

천부경(天符經), 위의 내용에서,

두 가지의 뜻[義]으로, 정의(正義)하여 밝히며,

또한, 두 가지의 뜻[義]으로, 그 성품을

정의(定義)하여, 드러내며,

또한, 밝히고 있음이네.

하나는,

본심본태양앙명(本心本太陽昻明)으로,

본래(本來)의 마음은,

본래(本來), 태양처럼, 밝고 밝은 성품이며,

또, 하나는,
인중천지일(人中天地一)로,
사람의 성품은,
천지(天地)와 하나인 성품이네.

이 뜻은,
본심(本心)은, 본래(本來), 태양처럼 밝고 밝으며,
천지(天地)와 하나인 성품임을 뜻함이네.

본심(本心)은,
본래(本來) 성품으로, 태양처럼 밝은 성품임을,
본심본태양앙명(本心本太陽昻明)으로,
그 성품을, 명확히 정의(正義)하여 밝히며,
또한,
본심본태양앙명(本心本太陽昻明)으로, 그 성품을
명확히 정의(定義)하여, 드러내네.

또한, 본심(本心)은
천지(天地)와 하나인 성품의 마음임을,
인중천지일(人中天地一)로,

그 성품을, 명확히 정의(正義)하여 밝히며,
또한,
인중천지일(人中天地一)로, 그 성품을
명확히 정의(定義)하여 드러내며,
또한, 밝힘이네.

이(是),
천지(天地)와 하나인, 성품의 마음,
곧, 천지인(天地人)이, 한 성품인 그 마음이,
곧, 본심(本心)이며,

이(是), 본심(本心)은,
천지(天地)와 하나인 성품으로,
태양처럼, 두루 밝고 밝은 본래(本來)의 마음임을,
정의(正義)하며, 이 뜻[義]을,
본심본태양앙명(本心本太陽昻明)과
인중천지일(人中天地一)로,
그 성품을 드러내어, 정의(定義)하여, 밝힘이네.

이(是), 본심(本心)은,
본래(本來) 성품의 마음으로,
천지인이 하나인, 성통광명심(性通光明心)이며,

천지인이 하나인, 본성광명심(本性光明心)이네.

이(是),
본심(本心)이,
본래(本來)부터, 태양처럼 밝고 밝으며,
천지(天地)와 하나인 까닭은,
본심(本心)이 곧,
용변부동본(用變不動本)의 성품으로,
일시무시일(一始無始一)의 성품이며
일종무종일(一終無終一)의 성품이기, 때문이네.

용변부동본(用變不動本)은,
천지인(天地人)의 만물(萬物)이,
무궁조화(無窮造化)의 변화무쌍(變化無雙)이어도,
그 근본 성품은, 무수변화에도 동(動)함이 없는,
부동본(不動本)의 성품임을,
일컬음이네.

이(是),
본심(本心)이,
본래(本來)부터, 태양처럼 밝고 밝음이란,

이 본심(本心)은,
천지인(天地人)이 곧, 하나인, 본래 성품이며,
또한, 천지인(天地人)이 곧, 하나인
본(本) 성품이 열린 마음이네.

이는, 본심(本心)이,
본래(本來), 일시무시일(一始無始一)이며,
일종무종일(一終無終一)의 성품으로,
천지인(天地人)이 하나인, 불이(不二)의 성품으로,
본래(本來), 용변부동본(用變不動本)의 성품이니,
곧, 불이일성(不二一性)인 본성(本性)이며,
곧, 불이일성심(不二一性心)인 본성심(本性心)이네.

이(是),
본심(本心)은,
시방천지(十方天地), 두루 밝게 깨어 있는,
근본(根本), 성품의 마음이네.

이는,
천지인(天地人)이 하나인, 불이(不二)의 성품으로,
일시무시일(一始無始一)의 성품이며,
일종무종일(一終無終一)의 성품이니,

이는, 곧, 천지인(天地人)이 하나인
불이일성(不二一性)으로,
이 성품은,
천지인(天地人), 근본(根本) 본성(本性)의
성품이네.

이는 곧,
성통광명(性通光明)이 열린
천지인(天地人)이 한 성품인 불이성(不二性)이며,
곧, 성통광명인(性通光明人)의 성품으로,
천지인이 하나인 인중천지일(人中天地一)의
성통광명심(性通光明心)이네.

이, 본심(本心)은,
천지인(天地人)이 하나인 성품으로,
일시무시일(一始無始一)이며
일종무종일(一終無終一)의 성품으로,
본심본태양앙명(本心本太陽昻明)이 열린
본심본태양앙명인(本心本太陽昻明人)의 마음,
인중천지일(人中天地一)의 성품이며
인중천지일(人中天地一)의 마음이네.

이는 곧, 천지인(天地人)이 하나인,

성통광명(性通光明)인 인중천지일(人中天地一)의
본(本) 성품의 마음으로,
이는, 일성심(一性心)이니,
곧, 불이일성(不二一性)이며
곧, 불이일성심(不二一性心)이네.

이는,
성통광명(性通光明)으로,
천지인(天地人) 만물(萬物)의 근본(根本)이 열리어,
성통심명(性通心明)이 두루 밝아,
본래, 천지인(天地人)이 하나인, 두루 밝은 마음,
본심본태양앙명(本心本太陽昂明)이 두루 열린,
일시무시일(一始無始一)의 성품이며
일종무종일(一終無終一)의 성품인
성통광명심(性通光明心)이네.

이는,
본심본태양앙명(本心本太陽昂明)이 두루 열린
인중천지일(人中天地一)의 마음으로
천지인(天地人)이 하나인, 근본(根本) 성품이니,
곧,
일시무시일(一始無始一)이며,

일종무종일(一終無終一)의 성품으로,
근본 성품의 성통광명(性通光明)이 두루 열린
본래(本來), 본성(本性)의 광명(光明)으로,
일체(一切)에, 어둠 없이 두루 밝은
성통지혜광명심(性通智慧光明心)이네.

이는,
본심본태양앙명(本心本太陽昻明)으로,
시종(始終) 없이, 두루 밝게 깨어있으므로,
성품이, 항상, 어둠이 없어,
시방천지(十方天地), 두루 밝으니,
이는,
본래(本來), 태양처럼 두루 밝은 성품이며,
천지인(天地人)이 하나인, 불이성(不二性)이네.

이(是), 본심(本心)은,
천지인(天地人)이 하나인, 성품으로,
본심본태양앙명(本心本太陽昻明)이 두루 밝은,
곧, 성통광명심(性通光明心)이니,

이는,
무시무종(無始無終)의 본성심(本性心)으로,

성통(性通)으로, 두루 밝은,
본심본태양앙명(本心本太陽昻明)인
본(本) 성품의, 마음이니,
본래(本來), 태양처럼 두루 밝은
본성본연심(本性本然心)으로,
천지인이 한 성품인, 인중천지일(人中天地一)의
성통광명심(性通光明心)이네.

이는,
일시무시일(一始無始一)인,
본연(本然), 본성(本性)의 성품이 두루 밝아,
천지인(天地人)이 하나인 성품,
본심본태양앙명인(本心本太陽昻明人)의
성통광명심(性通光明心)으로,
시방(十方), 두루 항상, 밝게 깨어 있어,
성품(性品)이, 어둠이 없으니,
태양처럼 밝고 밝은, 광명심(光明心)이라, 하네.

성통(性通)은,
만물(萬物)의 근본(根本)이며, 본성(本性)인,
일시무시일(一始無始一)의 본성(本性)에,
두루 밝게, 통(通)함이,

성통(性通)이며,

또한,
만물(萬物)의 근원 본성(本性)이
곧, 성(性)이니,
본성(本性)을 밝게 깨달아, 그 성품이 두루 밝아,
시방천지(十方天地), 심광명(心光明)이
두루 밝게 깨어 있음이,
성통(性通)이네.

이, 성통(性通)은,
일시무시일(一始無始一)이며,
일종무종일(一終無終一)의 성품으로,
석삼극무진본(析三極無盡本)의 성품에,
두루 통하여, 밝음이네.

광명(光明)이란,
만물(萬物)의 본성(本性)을 밝게, 깨달아,
일시무시일(一始無始一)이며
일종무종일(一終無終一)의 성품인,
근본(根本) 성품에, 두루 통(通)하여,
마음이, 본래(本來) 본성(本性)에, 어둡지 않아,

천지인(天地人)이 하나인
인중천지일(人中天地一)인, 불이(不二)의 성품이,
두루 밝게 깨어있는, 마음이네.

이(是), 성품은,
일시무시일(一始無始一)이며,
일종무종일(一終無終一)의 성품으로,
천지인(天地人)이 하나인,
불이(不二)의 성통심광(性通心光)이, 두루 밝은
본심본태양앙명(本心本太陽昻明)이니,
이는, 곧,
천지(天地)와 하나인, 성통광명심(性通光明心)으로,
인중천지일(人中天地一)의 마음이네.

그러므로,
성통광명심(性通光明心)은,
곧, 본심본태양앙명(本心本太陽昻明)의 마음이며,
본심본태양앙명인(本心本太陽昻明人)의 마음이네.

이는,
일시무시일(一始無始一)의 성품을, 밝게 깨달아,
일종무종일(一終無終一)의 성품에, 든,

본연본성광명(本然本性光明)이 두루 밝은
성통광명(性通光明)의 밝은 마음이니,
이는, 천지인(天地人)이 하나인,
본심본태양앙명인(本心本太陽昻明人)의
인중천지일(人中天地一)의 성품이네.

이는,
시방천지(十方天地) 두루, 밝게 깨어 있는,
일시무시일(一始無始一)의 성품이며,
일종무종일(一終無終一)의 성품으로,
본심본태양앙명(本心本太陽昻明)의
성통광명(性通光明)으로, 두루 밝고 밝은,
무시무종성(無始無終性)인, 근본 본심(本心)으로,
본심본태양앙명인(本心本太陽昻明人)의
성통광명(性通光明)의 밝은 마음이네.

그러므로,
본심(本心)의 본(本)은,
일시(一始)인, 근본(根本) 일(一)이,
곧, 본(本)이네.

본(本)은,

일시무시일(一始無始一)의 일(一)이니,
곧, 천지인(天地人)의 근본(根本) 성품이며,
만물(萬物)의 근원(根源)이며, 본성(本性)인,
일시무시일(一始無始一)의 일(一)이며,
일종무종일(一終無終一)의 일(一)이네.

본심(本心)의, 심(心)은,
본래(本來)부터, 태양처럼 항상, 밝고 밝은,
천지인이 하나인, 성통광명심(性通光明心)으로,
일시무시일(一始無始一)의 일(一)의 심(心)이며,
일종무종일(一終無終一)의 일(一)의 심(心)이네.

이것이,
천부경(天符經)의, 내용 중,
본심본태양앙명인중천지일(本心本太陽昻明人中天地
一)에서 밝히고, 드러내는,
천지인(天地人)이 하나인 본심(本心)이며,
본래(本來), 태양처럼 두루 밝고 밝은 성품으로,
석삼극무진본(析三極無盡本)의 성품이니,
이는, 일시무시일(一始無始一)의 성품으로,
천지(天地)와 하나인 성품이네.

이는,
본심본태양앙명(本心本太陽昻明)인
성통광명(性通光明)으로,
천지(天地)와 하나인
인중천지일(人中天地一)의 성품이니,
본래, 시방천지(十方天地) 두루, 밝게 깨어 있는,
근본(根本) 성품으로,
본래(本來)의 성품, 본심(本心)이네.

그러므로,
천지인(天地人)이 하나이며,
본래(本來), 태양처럼 항상, 두루 밝고 밝은,
본심(本心)을 알려면,
본래(本來)부터,
성품이, 항상, 태양처럼 밝고 밝은, 그 마음인,
본심본태양앙명(本心本太陽昻明)을
성통광명(性通光明)으로 두루 밝게 깨달아,
천지인(天地人)의 근본(根本) 성품인,
일시무시일(一始無始一)인, 근본 일(一)의 성품과
천지인(天地人)이 하나인,
일종무종일(一終無終一)인, 종극(終極)의 일(一)의
성품을, 두루 밝게 깨달아 든, 성품으로,

시종불이(始終不二)인 본(本) 성품이며,

천지인 삼극불이(三極不二)인 본(本) 성품으로,

시방천지(十方天地) 항상, 두루, 밝게 깨어 있는,

본심본태양앙명(本心本太陽昻明)의

성통광명인(性通光明人)인,

본심본태양앙명인(本心本太陽昻明人)이 되어야

하네.

이는,

천지인(天地人)이 하나인,

인중천지일(人中天地一)의 성품,

일시무시일(一始無始一)의

성통광명(性通光明)이 항상, 두루 밝아,

본심본태양앙명(本心本太陽昻明)의 밝음 속에,

천지인(天地人)이 하나인,

성통심명(性通心明)이 두루 밝은 깨달음으로,

일시무시일(一始無始一)의 시원(始原)의 일(一)과

일종무종일(一終無終一)의 종극(終極)의 일(一)이,

시종(始終)이 끊어져,

천지인(天地人)이 불이(不二)의 성품인

인중천지일(人中天地一)의 근본 성품에 들어,

용변부동본(用變不動本)의 성품인

성통광명(性通光明)이 두루 밝아,

시종(始終)이 끊어진, 무시무종성(無始無終性)인,
시종(始終) 없는 부동본(不動本)의 성품에
들어야 하네.

왜냐하면,
본심본태양앙명(本心本太陽昻明)과
인중천지일(人中天地一)의 지혜는,
일시무시일(一始無始一)과
일종무종일(一終無終一)의 성품인,
근본에 두루 밝은 성통광명인(性通光明人)인,
본심본태양앙명인(本心本太陽昻明人)의
성통광명(性通光明)의 지혜이므로,

이는,
일시무시일(一始無始一)의 시원(始原)의 일(一)과
일종무종일(一終無終一)의 종극(終極)의 일(一)이,
시종(始終)이 끊어진 불가사의 불이(不二)의 성품,
곧, 천지인(天地人)의 시원(始原)과 종극(終極)이
끊어진, 용변부동본(用變不動本)의 성품은,
성통광명(性通光明), 무진본(無盡本)의 성품이기
때문이네.

이(是),
성통광명심(性通光明心)은,
일시무시일(一始無始一)의 시원(始原)의 일(一)과
일종무종일(一終無終一)의 종극(終極)의 일(一)에
두루 밝은 성품인, 성통광명심(性通光明心)이니,

이(是),
성통광명심(性通光明心)은,
무시무종성(無始無終性)이며,
불변부동성(不變不動性)으로,
곧, 용변부동본(用變不動本)의 성품이니,
이는, 천지인(天地人)의 근본(根本) 성품으로,
시종(始終) 없이, 본래(本來)부터 항상, 두루 밝아,
태양처럼 밝고 밝은 성품이니,
이는, 시방(十方) 두루 항상, 밝게 깨어 있는
성품의 마음이네.

이(是), 마음은,
시원(始原)과 종극(終極)이 끊어진,
부동본(不動本)인, 무시일(無始一)의 성품으로,
본심본태양앙명(本心本太陽昂明)의 성품이니,
곧,
무시무종성(無始無終性)인,

인중천지일(人中天地一)의 성품으로,
본심본태양앙명인(本心本太陽昴明人)의
성통광명심(性通光明心)이니,

이는,
어둠 없이, 항상, 두루 밝게 깨어 있는,
시종(始終) 없는, 일체(一切) 초월(超越)의
본(本) 성품, 마음이네.

10. 一終無終一
일 종 무 종 일

일종(一終)이어도
무종일(無終一)이다.

하나의 근본은,
무한(無限) 궁극(窮極)이며, 종극(終極)이어도
그 하나는, 무궁조화(無窮造化)가 끝없는
하나이다.

이는,
일종(一終)은, 근본(根本), 한 성품은,
천지인(天地人)의 궁극(窮極)인,
천지인(天地人)의 존재가 끊어져 없는 성품,
종극성(終極性)임을 일컬으며,
무종일(無終一)은, 끝없는 무궁조화(無窮造化)의
성품임을, 일컬음이네.

이 뜻은,
성통광명(性通光明)이 무한 열리어,
일체(一切) 현상계(現象界)를 초월(超越)하니,
천지인(天地人)의 삼극(三極)이 소멸하여 끊어져,
천지인(天地人)의 존재(存在)가 없어,
곧, 천지인(天地人) 삼극(三極),
존재(存在)의 궁극(窮極)이 다한,
무한(無限) 절대성(絕對性)인, 불이(不二)의 성품,
일종성(一終性)에 들었어도,

이, 일종성(一終性)은,
천지인(天地人)이 다한, 종극(終極)이 아니라,
천지인(天地人)의 무궁조화(無窮造化)가
또한, 끝없는,
무한무궁조화(無限無窮造化)의 무진본(無盡本)의
성품임을, 뜻함이네.

이 내용은,
성통광명(性通光明)이 두루 밝아
본심본태양앙명인(本心本太陽昂明人)이 되어,
용변부동본(用變不動本)의 성품,
천지인(天地人)이 불이(不二)의 하나인,

인중천지일(人中天地一)의 성품, 밝음 속에,
천지인(天地人), 삼극(三極)이 끊어진,
일종무종일(一終無終一)의 일종성(一終性)에
들었어도,
이, 일종성(一終性)은, 천지인(天地人)이 끊어진,
일종성(一終性)이 아니라,
또한,
천지인(天地人)의 무한무궁조화(無限無窮造化)가
끝이 없는, 무종일(無終一)인,
무진본(無盡本)의 성품임을, 일컬음이네.

이는,
성통광명(性通光明)의 실상(實相)세계이니,
천지인(天地人), 삼극(三極)과
만물(萬物)의 상(相)을 벗어나지 못한,
사유(思惟)와 분별심(分別心)으로는,

천부경(天符經)의 성품,
일시무시일(一始無始一)의
일시성(一始性)인 무시일성(無始一性)과
일종무종일(一終無終一)의
일종성(一終性)인 무종일성(無終一性)의

실상(實相)을 사유(思惟)하고, 유추(類推)하며,
세밀히 또, 분석(分析)하고 궁리(窮理)하며,
그 어떤 법(法)과 학식(學識)과 지식(知識)에
의존해, 그 어떤 앎과 법칙으로, 추측(推測)하고
또한, 헤아리며, 어떤 논리(論理)로 분별하여도,
이는, 상(相)의 상념(想念)이며,
자아(自我)에 의지한 식심(識心)의 분별(分別)이니,
이(是), 근본 실상(實相)과
이(是), 근본 실상(實相)의 불가사의 성품세계를
알 수가 없네.

또한, 그 의식(意識)과 상념(想念)과 사고(思考)는
일체(一切)가, 자아(自我)의 분별심(分別心)이니,
그 앎의 지식(智識)과 지혜(智慧)로는
일종성(一終性)과 무종일성(無終一性)의
그 성품, 차별성(差別性)을 또한,
명확히 알 수가 없고,

또한, 그 분별(分別)과 유추(類推)의 세계,
그 사량(思量)과 논리(論理)와 법리(法理)로는,
일시무시일(一始無始一)의 시원(始原)의 일(一)과
일종무종일(一終無終一)의 종극(終極)의 일(一)이
다른 까닭을 또한, 명확히, 알 수가 없네.

만약,

또한, 그 지식(知識)과 지혜(智慧)로

일시무시일(一始無始一)을 안다 하여도,

그것은, 실제(實際),

일시무시일(一始無始一)의 실상(實相)과

그 성품세계를 아는 것이 아니며,

만약, 또한,

일시무시일(一始無始一)을 안다 하여도,

그 또한, 실제(實際),

일종무종일(一終無終一)을 아는 것이 아니네.

또한, 만약,

이천조화(理天造化)인,

천일일지일이인일삼(天一一地一二人一三)과

일적십거무궤화삼(一積十鉅無匱化三)과

천이삼지이삼인이삼(天二三地二三人二三)과

대삼합육생칠팔구운(大三合六生七八九運)과

삼사성환오칠일묘연(三四成環五七一妙衍)을

안다고, 하여도,

그 또한, 실제(實際),

만왕만래용변부동본(萬往萬來用變不動本)을

아는 것이 아니네.

만약,
만왕만래용변부동본(萬往萬來用變不動本)의
그 실상(實相)과 성품세계를 명확히 알지 못하면,
천일일지일이인일삼(天一一地一二人一三)과
일적십거무궤화삼(一積十鉅無匱化三)과
천이삼지이삼인이삼(天二三地二三人二三)과
대삼합육생칠팔구운(大三合六生七八九運)과
삼사성환오칠일묘연(三四成環五七一妙衍)의
실상(實相)과 그 성품세계를 명확히 밝게 아는,
본심본태양앙명(本心本太陽昻明)의 세계
인중천지일(人中天地一)의 지혜(智慧)인
성통광명심(性通光明心)이 아니네.

만약,
만왕만래용변부동본(萬往萬來用變不動本)의
실상(實相)과 그 성품세계를 명확히 밝게 아는,
성통광명(性通光明)의 지혜(智慧)가 아니면,
본심본태양앙명(本心本太陽昻明)의 성품세계와
인중천지일(人中天地一)의 실상(實相)세계는
더욱, 알 수가 없으니,

만약,

성통광명(性通光明)이 두루 밝게 열리어,

일종무종일(一終無終一)의 성품을 밝게 깨달아,

그 무한(無限), 무궁(無窮)의 성품에 들면,

천부경(天符經)에서,

일시무시일(一始無始一)의 시성(始性)과

일종무종일(一終無終一)의 종성(終性)을,

천부경(天符經)의

시(始)와 종(終)으로 드러내며 설(說)한,

그 불가사의(不可思議) 지혜(智慧)와

그 시(始)와 종(終)의 차별(差別)세계와

또한, 시종(始終) 없는 무시무종성(無始無終性)인,

그 불이(不二)의 실상성품(實相性品)세계를

두루 밝게 깨달아,

이(是),

불가사의, 불가사의사(不可思議事),

무궁리천(無窮理天) 진리(眞理)의 세계,

천부경(天符經)의 궁극무궁혜안(窮極無窮慧眼)인,

부사의(不思議) 궁극(窮極),

성통심안(性通心眼)이 밝게 열리어,

일시무시일(一始無始一)의 시성(始性)과

일종무종일(一終無終一)의 종성(終性)이 끊어진,
천지인(天地人), 시종불이(始終不二)의 성품,
성통광명(性通光明)이 두루 밝음 속에,
일성무한무궁조화(一性無限無窮造化)의 섭리,
이천섭리(理天攝理) 무변광명(無邊光明)의 세계를,
일심무한무변광명(一心無限無邊光明)의 성품 속에,
성통광명(性通光明)이 두루 밝은 혜안(慧眼)으로,
이 천부경(天符經), 이천진리(理天眞理)의 세계를
두루 밝게, 명확히 깨닫게 됨이네.

천부경(天符經)의 끝맺음,
종결구(終結句),
일종무종일(一終無終一),
이(是), 무종일성(無終一性)의
성품(性品)과 실상경계(實相境界)와 내용의 뜻을
밝게 깨우치고, 명확히 알려면,

이(是),
시종(始終)이 끊어진 불가사의 성품,
성통광명(性通光明)으로
근본(根本) 성품이 두루 밝아,
본심본태양앙명(本心本太陽昂明)의 밝음 속에

본심본태양앙명인(本心本太陽昻明人)이 되어,
성통광명심(性通光明心)의 밝음이 두루한
지혜본심광명(智慧本心光明) 속에
천지인(天地人)이 하나인, 불이(不二)의 성품,
궁극(窮極)이며,
일시(一始)의 종극(終極)인 일종성(一終性)에
들면,

이 성품은,
천지인(天地人), 삼극(三極)이 끊어진,
천지인(天地人)의 종극(終極)인
일종성(一終性)이어도,
또한,
이, 일종성(一終性)은 종극(終極)이 아니라,
천지인(天地人)의 조화(造化)가 또한, 끝없는,
불가사의 무한(無限) 무궁조화(無窮造化)의
무종성(無終性)임을 밝게 깨달음으로,
천부도인(天符道人)이,
종결구(終結句)로,
일종무종일(一終無終一)로 끝맺으며,
또한, 종구(終句)에
종(終)의 성품이,
일종무종일(一終無終一)임을 밝힌,

이, 종구(終句)의 심의지(心意志)의 뜻을
밝게 깨달으며, 이 뜻의 의지(意志)를
밝게 알게 됨이네.

이 지혜(智慧)는,
성통광명(性通光明)에 든,
불가사의, 이천심법(理天心法)에 두루 밝은,
심천지혜광명(心天智慧光明)이니,

이는,
시(始)와 종(終)이 맞물리고,
또한,
시(始)가, 부사의(不思議) 종(終)에 들며,
종(終)이, 부사의(不思議) 시(始)에 듦이네.

이(是), 이(理)는,
시(始)와 종(終)이 끊어져,
시(始)와 종(終)이 없는 성품에 듦으로,
일시무시일(一始無始一)이
일종무종일(一終無終一)이며,
일종무종일(一終無終一)이
일시무시일(一始無始一)이니,

이는,
만왕만래용변부동본(萬往萬來用變不動本)의
불가사의 실상(實相), 궁극(窮極)이 열리어,
이천심명(理天心明)의 지혜(智慧)가 밝게 열린,
이천진리(理天眞理)의 심광명(心光明)세계이네.

만약,
일적십거무궤화삼(一積十鉅無匱化三)과
천이삼지이삼인이삼(天二三地二三人二三)과
대삼합육생칠팔구운(大三合六生七八九運)과
삼사성환오칠일묘연(三四成環五七一妙衍)의
세계가 그대로,
부동본(不動本)의 세계임을 밝게 깨달으면,
곧,
본심본태양앙명(本心本太陽昂明)의 밝음 속에,
인중천지일(人中天地一)의 성품을 밝게 깨달아,
일종무종일(一終無終一)의
불가사의, 불가사의 이천심광(理天心光)의
일성리천묘법계(一性理天妙法界)를 두루 밝게,
통(通)하게 됨이네.

이는,

시(始)의 동(動)도 끊어지고,
종(終)의 부동(不動)도 끊어져,
시(始)와 종(終)이 없어
동(動)과 부동(不動)도 없는,
불가사의 무한(無限) 절대성(絕對性),
이천광명(理天光明)의 궁극심명(窮極心明),
무변심광(無邊心光)이 열린
성통광명(性通光明)이 두루 밝은,
불이일성(不二一性)의 묘법세계(妙法世界)이네.

만약,
성품이 두루 밝아,
걸림 없는 밝은 지혜(智慧)가,
성품의 궁극(窮極)에 두루 통(通)하면,
본심본태양앙명(本心本太陽昻明)의 밝음 속에,
천지인(天地人) 삼극(三極)이 끊어진,
인중천지일(人中天地一)의 밝은 성품 속에,
불가사의 절대성(絕對性),
무한무궁상생조화(無限無窮相生造化)의
불가사의 일성리천묘법(一性理天妙法)세계를,
성통광명(性通光明)의 궁극심명(窮極心明)이 열린,
이천심명(理天心明)의 궁극심광(窮極心光)으로,

불가사의 무궁천(無窮天),
이천진리(理天眞理)의 성품 속에,
이, 천부경(天符經)을 설(說)한,
일시무시일(一始無始一)의 무시성(無始性)과
일종무종일(一終無終一)의 무종성(無終性)의
이천심법(理天心法), 불가사의 궁극(窮極)세계를
남김 없이 두루 밝게 통(通)하여,

이(是),
무궁리천(無窮理天)의 심광명진리(心光明眞理),
천부경(天符經)을 전(傳)하려 했던,
그, 심명존인(心明尊人)의 존귀(尊貴)한 마음과
지극한 그 뜻(義)이 무엇이었는지,
지금, 무수(無數) 시공(時空)이 흘렀어도
그 심중(心中), 마음의 뜻을 밝게 헤아리어,
그 깊은 성심(聖心)과 연민(憐愍)을
밝게 깨닫고, 알게 되므로,

서로,
시공(時空)을 초월(超越)하여,
맞닿는 지심(至心),
그 존명존인(尊明尊人)의 진실한 마음과 뜻(意)을,
가슴 깊이 느끼고,

또한, 새기게 됨이네.

이(是),
본심본태양앙명인중천지일(本心本太陽昻明人中天地
一)로부터
일종무종일(一終無終一)에 까지가,
천부경(天符經)의 내용 중,
경(經)의 하품(下品)에 해당하는, 하경(下經)이네.

이 하경(下經)에는,
본심(本心)이
본래(本來)부터, 태양처럼 밝고 밝은 성품이며,

이 본심(本心)의 밝은 성품 속에
천지인(天地人)이 하나인,
인중천지일(人中天地一)의
본심본태양앙명인(本心本太陽昻明人)이 되어,
천지인(天地人)이 하나인 성품
무한(無限) 궁극(窮極)이며, 종극(終極)인,
일종성(一終性)에 들었어도,

이 일종성(一終性)이,

천지인(天地人)이 하나인, 궁극(窮極)이며,
종극(終極)인, 일종성(一終性)이 아니라,
또한, 천지인의 무궁조화(無窮造化)가 끝이 없는,
무종일(無終一)의 성품임을 일컬음이네.

천부경(天符經)의 내용 중,
상품(上品)인, 상경(上經)에는,
일시무시일(一始無始一)인 근본 성품이,
본래 없는 성품이 생성(生成)되었거나,
창조(創造)된 성품이 아닌,
시종(始終) 없는 무시성(無始性)임을 드러내며,
또한, 천지인(天地人)의 생성(生成)과
천지인이 서로 어우른 상생조화(相生造化)로,
시방(十方), 무궁조화(無窮造化)의 한 세계를
이루고 있음을, 밝힘이네.

중품(中品)인, 중경(中經)에는,
천지인(天地人)이 어우른,
상생섭리(相生攝理)의 수리(數理),
육(六)의 어우름, 섭리작용(攝理作用) 속에,
변화무쌍(變化無雙)한 천지인(天地人)의

시방세계, 일묘연(一妙衍)의 세계를 이루어,

그 섭리조화(攝理造化)의 운행이 끊임없어도,

일시무시일(一始無始一)의 그 성품은,

본래(本來), 동(動)함이 없고, 변함이 없는,

부동본(不動本)의 성품임을, 밝힘이네.

하품(下品)인, 하경(下經)에는,

본심(本心)은,

본래(本來), 태양처럼 밝고 밝은 성품으로,

이 본심(本心)은, 천지인이 하나인 성품이며,

천지인(天地人)이 하나인

본심본태양앙명인(本心本太陽昻明人)이 되어,

천지인(天地人)이 하나인,

인중천지일(人中天地一)의 일종(一終)의 성품,

일시(一始)의 무한(無限) 궁극(窮極)이며,

천지인(天地人)의 종극(終極)인,

일종성(一終性)에 들었어도,

이, 종극(終極)의 일종성(一終性)이,

곧, 종극(終極)의 성품이 아닌,

천지인(天地人)의 무궁조화(無窮造化)가

또한, 끝이 없는,

무종일(無終一)의 성품임을 밝힘이네.

5장_
천부경 세계

천부경 세계

천부경(天符經)의 세계는,
일시(一始)이며, 무종일(無終一)인,
한 성품, 상생조화(相生造化)의 섭리(攝理)로,
천지인(天地人), 무궁창생조화(無窮創生造化)의
섭리(攝理)의 세계이네.

이 세계는,
천지인(天地人)이, 한 성품,
무궁조화(無窮造化)의 성품 세계로,
천지인(天地人)이 한 성품인, 궁극(窮極)의
성통무한광명심(性通無限光明心)이 열리어,
천지인(天地人)의 근본 성품의 세계와
천지인(天地人)의 무궁조화(無窮造化)의 섭리와
천지인(天地人)이 하나인 성품, 본심(本心)을 밝힌,
일시성(一始性)이며, 무종일성(無終一性)이 열린,
본심본태양앙명인(本心本太陽昂明人)의

성통혜안(性通慧眼)이 두루 밝은,
본심광명(本心光明)의 세계이네.

이 세계는,
천지인(天地人)이 하나인, 마음광명의 세계이니,
일시무시일(一始無始一)이며,
일종무종일(一終無終一)의 성품,
성통무한광명(性通無限光明)이 밝게 열리어,
천지인(天地人)이 오직, 한 성품임을 깨닫고,

천지인(天地人)의
무한무궁조화(無限無窮造化)가,
한 성품으로 비롯한 무궁섭리(無窮攝理)이며,

한 성품의 조화(造化) 속에,
천지인(天地人), 만물만생(萬物萬生)의
무궁조화(無窮造化)가, 무한(無限) 시방(十方)
두루 펼쳐진, 섭리의 세계를 밝힘이네.

이 세계는,
천지인(天地人)이 한 성품이며,

만물만생(萬物萬生)이 하나로 어우르는,
무한상생(無限相生) 융화(融化)의 섭리(攝理),
불가사의, 무궁조화(無窮造化)의 세계로,

근본(根本) 성품의 지혜가 밝고 밝아,
천지인(天地人)이 한 성품인,
성통광명(性通光明)이 두루, 밝게 열리어,
본심본태양앙명(本心本太陽昴明)으로,
천지인(天地人)의 근본 성품인,
일시무시일(一始無始一)이며,
일종무종일(一終無終一)의 성품에, 든,
본심본태양앙명인(本心本太陽昴明人)의 세계이니,
천지인이 하나인, 성통광명(性通光明)이 열린,
본심광명(本心光明)의 세계이네.

이는,
천지인이 하나인, 무한 성품이 열린,
마음 광명의 세계로,
천지인, 무궁조화(無窮造化)의 성품 세계이며,
천지인(天地人)이 한 성품인, 마음 광명이 열린,
본심광명(本心光明)의 세계이네.

천부(天符)의 세계,
일시(一始)의 천지인(天地人),
무궁창생조화(無窮創生造化)의 섭리(攝理),
무궁조화(無窮造化)의 진리(眞理)를 깨달은,
본심본태양앙명인(本心本太陽昻明人)의
성통광명심(性通光明心)은,

일시무시일(一始無始一)의 일시심(一始心)이며,
일종무종일(一終無終一)의 무종일심(無終一心)인,
본심본태양앙명(本心本太陽昻明)의 밝음인
성통광명심(性通光明心)이니,

이는,
본래(本來), 항상, 밝고 밝은,
무변광명(無邊光明)의
무시무종심(無始無終心)으로,
천지인(天地人)이 하나인 성품, 본심(本心)에 들어,
본심본태양앙명인(本心本太陽昻明人)으로,
천지인(天地人)이 하나인 성품,
본태양앙명심(本太陽昻明心)이네.

이는,

천지인(天地人)이 한 성품인,
무한상생섭리(無限相生攝理)의 성품인 마음이며,
무궁창생조화(無窮創生造化)의 성품인 마음이니,
이는, 본심본태양앙명(本心本太陽昻明)의
성통광명심(性通光明心)인,
본심광명(本心光明)의 세계이네.

이 성품은,
일시무시일(一始無始一)이며,
일종무종일(一終無終一)의 성품으로,
무궁상생(無窮相生)의 섭리(攝理)가 다함 없는,
천지인(天地人)이 한 성품인,
무한(無限), 무궁무변(無窮無邊)의 마음 광명이
열림이네.

이는,
한 성품 어우름, 천지인(天地人)의 섭리인,
무한무궁상생(無限無窮相生)의 조화(造化) 속에,
본심본태양앙명(本心本太陽昻明)의 밝음인
본심본태양앙명인(本心本太陽昻明人)으로,
본심광명(本心光明) 천부(天符)의 삶인
무한상생(無限相生) 무궁조화(無窮造化)의 세계며,
무한무궁(無限無窮) 정신승화(精神昇華)의 세계인

무궁천(無窮天) 하늘의 진리(眞理)이며,
천부(天符)의 섭리(攝理)의 세계이며,
천부(天符)의 진리(眞理)의 세계이며,
천부(天符)의 무궁(無窮)의 도(道)의 세계인
천지인(天地人)이 하나인, 궁극(窮極) 진리의
세계이네.

이는,
시종(始終) 없는,
마음 광명이 무한 열린
천부인(天符人) 궁극지혜의 삶인
천지인(天地人) 무한상생조화(無限相生造化)의
무궁섭리(無窮攝理)의 세계를 가르침이네.

天符經 세계는
우리의 생명이 살아가는
진리의 세상이니,
너, 나의 생명도 그 진리에서 왔으며,
들에 핀, 꽃 한 송이도
그 진리에서 왔으니,
너, 나도 진리의 생명이며,
저 꽃 한 송이도
진리의 꽃이네.

6장_
천부경 삶

천부경 삶

천부경(天符經)의 삶은,
일체(一切)가, 한 성품,
무한상생(無限相生)의 어우름인,
천지인(天地人), 상생조화(相生造化)의 삶이며,
천지인이 하나인, 본심광명(本心光明)의 삶이며,
시방천지, 무궁상생조화(無窮相生造化)의 삶이며,
일시무시일(一始無始一)의 마음광명의 길이며,
일종무종일(一終無終一)의 무궁창생(無窮創生)인,
무궁리천(無窮理天)의 진리(眞理)이며,
천부(天符)의 섭리(攝理)인,
무한무궁(無限無窮), 상생(相生) 융화(融化)의,
무한(無限), 한 성품 진리(眞理)의 삶이네.

이는,
무슨 까닭인가 하면,

천지인(天地人)이 하나로 어우른,

한 성품, 절대융화(絕對融和)의 섭리,

무한상생작용(無限相生作用)이,

곧, 일시무시일(一始無始一)의 성품, 섭리에 의한,

무한상생조화(無限相生造化)의 세계이며,

무한상생조화(無限相生造化)의 생태섭리 속에,

천지인, 만물이 생성하고, 존재하며, 삶을 사는,

모든 존재의 생태섭리이며,

모든 존재와 생명이 살아가는, 생명섭리의 삶이며,

길이기 때문이네.

이(是),

모든 생명과 만물(萬物)의 삶이,

한 성품 궁극의 어우름,

무한(無限), 절대(絕對)의 상생(相生)인,

천지인(天地人) 만물(萬物),

상생조화(相生造化)의 생태환경 속에,

모든 존재가 생성(生成)하고, 존재하며,

만물의 무한 상생조화(相生造化)의 생태에 의지해,

더불어, 한 어우름 삶의 생태(生態)인,

모든 만물과 모든 생명의 삶이 이루어지고,

그 섭리의 생태환경 속에 생명력을 의존(依存)해,

모든 존재가, 그 삶을 살아가기 때문이네.

그,
무엇이든, 존재가 태어남도,
천지인, 상생조화(相生造化)의 섭리에 의함이며,
지금, 살아감도,
천지인, 상생조화(相生造化)의 섭리에 의함이며,
지금, 또한, 생명을 유지함도,
천지인, 상생조화(相生造化)의 섭리에 의함이네.

지금,
살아가는 삶과
또한, 살아야 할, 삶의 꿈과 희망의 목적도,
그 의존(依存)한 삶의 바탕 환경이,
천지인, 만물 한 어우름, 상생조화(相生造化)의
생태환경에 의존(依存)한, 삶의 꿈과
희망의 모습이네.

천부경(天符經)의 삶은,
천지인(天地人)이 한 성품인,
궁극(窮極), 승화(昇華)의 하나로 어우른,
무한상생조화(無限相生造化)의 섭리(攝理)로,
무궁상생(無窮相生) 조화(造化)를 펼치는,
한 성품 섭리의, 무한승화(無限昇華)의 어우름인,

무한상생조화(無限相生造化)의 세계이네.

이(是), 수승(殊勝)한,
무한(無限), 승화(昇華)의 삶은,
일시무시일(一始無始一)이며,
일종무종일(一終無終一)인 한 성품이 열리어,
한 성품 절대성, 상생조화(相生造化)의 어우름인,
무한상생조화(無限相生造化)의 섭리(攝理)를 따라,
한 성품, 무한 승화(昇華)의 정신(精神)이 열린,
천부인(天符人)의 삶이네.

이는,
천지인(天地人)이, 한 성품 작용인,
광대(廣大)한, 시방무한무궁(十方無限無窮)의 섭리,
불가사의, 한 성품의 도리(道理)를 밝게 깨달아,
천지인이 어우른, 무한무궁상생(無限無窮相生)인
한 성품, 본연의 무한 심광명(心光明)이 열린,
본심본태양앙명인(本心本太陽昴明人)의 지혜,
순수 심명성품(心明性品)이 열린 삶이네.

이는,
일시무시일(一始無始一)의 한 성품,

궁극(窮極), 본연(本然)의 성품이 열리어,
어둠 없이 두루 밝은 성통광명(性通光明)으로,
천지인의 성품과 섭리를 두루 밝게 깨달은,
본심본태양앙명인(本心本太陽昻明人)으로,
일시무시일(一始無始一)의 절대성, 한 성품과
한 성품 어우름인, 무한상생(無限相生)의 섭리,
무한무궁조화(無限無窮造化)의 섭리를 따르는,
무한상생(無限相生) 운행섭리(運行攝理)의
천부(天符)의 도(道),
천부인(天符人)의 삶이네.

이(是),
일시무시일(一始無始一)의 절대성 성품과
일시무시일(一始無始一)의 절대성 섭리의 세계,
무한상생조화(無限相生造化)의 삶인
천부(天符)의 삶,
천부(天符)의 도(道),
천부인(天符人)의 삶은,

무한(無限),
궁극(窮極)의 절대성 한 성품 어우름인,
절대성(絕對性) 무한상생(無限相生),

궁극(窮極)의 순수섭리를 따르는,
무한상생조화(無限相生造化)의 성품이 열린,
한 성품 절대성 본심광명(本心光明)으로,
무한(無限), 무궁상생(無窮相生) 섭리의 삶이,
천부인(天符人)의 삶이며,
천부인(天符人)의 도(道)이며,
천부인(天符人)의 진리(眞理)이네.

이는,
모든, 사람의 마음이,
일시무시일(一始無始一)의 한 성품,
본심광명(本心光明)이 무한 열린,
본심본태양앙명인(本心本太陽昻明人)의
도(道)이니,

이는,
시방무궁조화(十方無窮造化)의 어우름인,
무한상생(無限相生) 무궁(無窮) 섭리(攝理)의
도(道)로,
마음광명이 무한 열린 천부인(天符人)의,
궁극(窮極)이 열린 본연심(本然心),
무한, 순수의 삶이네.

이 삶은,
일시무시일(一始無始一)의
한 성품, 본연(本然)의 순수 마음이 열린,
무한(無限) 광명심(光明心)이며,
무한(無限) 정신(精神)이 열린,
천부인(天符人)의 삶이니,

이는,
본연본성(本然本性)의
본심광명(本心光明)이 무한 열린 절대성(絕對性),
일종무종일(一終無終一)의,
무한(無限) 궁극(窮極) 승화(昇華)의
도(道)이네.

이는, 곧,
무한(無限) 마음 광명,
이천(理天), 순수의 정신(精神)이 열린,
무한(無限) 승화(昇華)의 삶이네.

7장_
천부경 정신(精神)

천부경 정신(精神)

천부경(天符經)의 정신(精神)은,
일시무시일(一始無始一)의 정신이 열린,
한 성품, 궁극의 무한상생(無限相生)의 정신이며,
천지인 한 성품, 한 생명 정신이며,
천지인 한 성품, 무궁상생(無窮相生)의 정신이며,
지혜본심(智慧本心)이 열린, 지혜광명의 정신이며,
천지인이 하나인, 성통광명(性通光明)의 정신이며,
천지인이 한 성품인, 마음광명이 열린, 본심본태양앙명
인(本心本太陽昻明人)의 정신이며,
무한상생(無限相生), 궁극(窮極)의 도(道),
무한 절대성(絶對性)이 열린, 무한 궁극(窮極)의
정신이네.

이 정신(精神)은,
천지인(天地人)이 한 성품, 일성(一性)인,
일시(一始)의, 절대 섭리에 의한,

무한상생조화(無限相生造化)의 한 어우름,
무궁창생조화(無窮創生造化)의 섭리정신이며,
일적십거무궤화삼(一積十鉅無匱化三)의 섭리인,
한 성품, 어우름의 근본(根本) 정신이네.

이는,
천지인(天地人), 무한상생(無限相生)의 섭리인,
한 성품, 상생일도(相生一道)의 대융화(大融化),
무궁조화(無窮造化)의 대합일(大合一)인,
대삼합육생칠팔구운(大三合六生七八九運)의
무궁상생(無窮相生) 섭리의 정신이네.

이는,
삼사성환오칠일묘연(三四成環五七一妙衍)의
시방무궁창생(十方無窮創生)의 섭리(攝理)로,
천부경(天符經), 무궁리천(無窮理天) 섭리(攝理)의
진리(眞理)의 정신(精神)이네.

이, 정신(精神)의 세계는,
한 성품 절대성, 무한상생(無限相生) 조화(造化)인,
천부경(天符經) 섭리(攝理)의 세계이며
천부경(天符經) 진리(眞理)의 세계이며

천부경(天符經) 지혜(智慧)의 세계이네.

이는,
일시무시일(一始無始一)의 성품이 열린,
본심본태양앙명(本心本太陽昻明)의 밝음으로,
천지인(天地人)이 한 성품인,
무시일(無始一)의 무한(無限) 궁극(窮極)이 열린,
천부인(天符人)의 세계,
본심본태양앙명인(本心本太陽昻明人)의
마음광명, 순수정신이네.

8장_
천부경 도(道)

천부경 도(道)

천부경(天符經)의 도(道)는,
일시무시일(一始無始一)의 도(道)로,
한 성품, 무한상생(無限相生)의 어우름인,
천지인(天地人),
무궁조화(無窮造化)의 무궁상생(無窮相生),
무궁섭리(無窮攝理)의 도(道)이네.

이는,
천지인(天地人), 만물(萬物)의 그 본성(本性)이
일시무시일(一始無始一)의 한 성품이며,
무한상생(無限相生) 어우름의 성품인,
천지인(天地人) 삼극(三極)의
무한상생(無限相生) 융화(融化)의 도(道)로,
시방(十方), 천지인(天地人) 만물(萬物)이
무한상생(無限相生), 하나로 어우르는,
천지만물 무궁상생융화(無窮相生 融化)의

무한무궁조화(無限無窮造化)의 도(道)이네.

이, 도(道)는,
본성(本性), 무시무종(無始無終)의 일성(一性)인
한 성품, 무한상생(無限相生) 어우름의 도(道)로,

이 도(道)는,
천지인(天地人), 만물(萬物)을 생성(生成)하고,
천지인(天地人), 만물(萬物)을 운행하며,
만물(萬物)의 무한무궁조화(無限無窮造化)와
무궁창생(無窮創生)의 일성섭리(一性攝理)인
무궁조화(無窮造化)의 도(道)이네.

이, 도(道)의 섭리에 의해,
천지인이 하나로 어우른 상생조화(相生造化)로,
시방세계, 만물이 펼쳐져 생성변화하며,
이 섭리의 질서 속에, 천지인 만물(萬物)이
운행하고, 있음이네.

이는,
천지인(天地人)이, 일시(一始)의 한 성품,

무한상생(無限相生)의 하나로 어우른,
무한무궁(無限無窮) 상생조화(相生造化)의
작용이며,
만물(萬物), 무궁창생(無窮創生)의 섭리이니,

이는,
만물(萬物)의 생성(生成)과 작용의 섭리
무한조화(無限造化)의 도(道)이므로,
이 도(道)의 섭리(攝理)와 순리(順理) 속에
천지인(天地人), 만물만생(萬物萬生)이 운행하며,
작용하니,
이 섭리(攝理)와 상생운행(相生運行)의 도(道)를
일컬어, 홍익대도(弘益大道)라 하네.

홍익(弘益)이란,
천지인(天地人)이, 일시(一始)의 한 성품,
무한상생조화(無限相生造化)의 하나로 어우른,
무궁창생(無窮創生)의 섭리이네.

9장_
홍익(弘益)의 도(道)

홍익(弘益)의 도(道)

홍익(弘益)이란,
모두가, 하나로 어우른, 무한상생(無限相生)이네.

홍익(弘益)의 홍(弘)은,
대(大), 다(多), 무량(無量), 무한(無限), 수승(殊勝), 궁
극(窮極) 등이며,

홍익(弘益)의 익(益)은, 하나로 어우른,
선(善), 화(和), 이(利), 낙(樂), 상생(相生),
성장(成長), 평화(平和), 행복(幸福) 등이네.

홍익(弘益)의 도(道)는,
천지인(天地人)이 하나로 어우른,
무한(無限), 상생조화(相生造化)의 도(道)가,
곧, 홍익대도(弘益大道)이네.

홍익(弘益)의 뿌리인,
섭리와 형태와 현상과 작용과 정신의 근원은,
천지인(天地人), 상생조화(相生造化)의 도(道)이며,

홍익(弘益)의 체성(體性)은,
천지인(天地人)의 근본(根本)이 하나인,
무한(無限), 절대성(絕對性)의 성품,
곧, 일시무시일(一始無始一)인 본성(本性)이네.

홍익대도(弘益大道)는,
천지인(天地人)이 하나로 어우른,
무한상생조화(無限相生造化)의
무궁대도(無窮大道)인 무궁섭리(無窮攝理)이며,

홍익정신(弘益精神)은,
천지인(天地人)이 하나인,
한 성품 어우른, 무한상생조화(無限相生造化)로,
인중천지일(人中天地一)인, 한 생명 정신이네.

홍익인(弘益人)은,
일시(一始)의 한 성품,

천지인이 하나인 홍익대도본심(弘益大道本心)으로,
무한성통광명(無限性通光明)이 열리어,
본심본태양앙명(本心本太陽昻明)의 밝음 속에,
인중천지일(人中天地一)의 본심(本心)이,
두루 밝게 깨어있는,
본심본태양앙명인(本心本太陽昻明人)이네.

홍익(弘益)의 삶은,
천지인(天地人)이, 한 생명 정신(精神)으로,
인중천지일(人中天地一)의
무한상생(無限相生) 융화(融化)의 한 성품 속에,
무한상생조화(無限相生造化)의 어우름인,
본심본태양앙명인(本心本太陽昻明人)의 삶이네.

이는, 곧,
홍익대도(弘益大道)로,
무궁리천(無窮理天)의 섭리(攝理)이며,
진리(眞理)인,
한 성품 어우름 무한상생(無限相生)인,
본연(本然) 순수의 무한정신(無限精神)이 열린,
삶이네.

10장_
이화세계(理化世界)

이화세계(理化世界)

이화세계(理化世界)는,
본성(本性), 섭리(攝理)의 세계이네.

이화세계(理化世界)는,
일시무시일(一始無始一)의 성품, 조화(造化)인,
석삼극무진본(析三極無盡本)이며
일적십거무궤화삼(一積十鉅無匱化三)인
천이삼지이삼인이삼(天二三地二三人二三)으로,
대삼합육생칠팔구운(大三合六生七八九運)인
홍익대도(弘益大道)의 세계로,
일종무종일(一終無終一)의 무궁(無窮)한 성품,
무한(無限), 무궁상생(無窮相生)의 조화(造化)가 펼쳐
지는, 이화(理化)의 세계이네.

이(是),

홍익대도(弘益大道)의 섭리(攝理),
이화세계(理化世界)는,
무한 궁극(窮極), 행복한 삶의 이상(理想)이며,
무한 가치(價値), 궁극(窮極)의 삶의 섭리(攝理)인,
삶의 절대, 무궁행복(無窮幸福)의 세계이며,
삶의 절대, 무궁평화(無窮平和)의 세상이네.

이(是),
무한(無限), 궁극(窮極)의 세계는,
본연(本然),
순수의 이성(理性)과 순수의 지성(智性)이 열리어,
본심본태양앙명(本心本太陽昂明)의 밝음이 열린,
인중천지일(人中天地一)의 세계로,
본심본태양앙명인(本心本太陽昂明人)의 세계이네.

이는,
천지인(天地人)이, 한 성품,
무한상생(無限相生) 융화(融化)의 하나로 어우른,
무궁섭리(無窮攝理) 조화(造化)의 세상이,
홍익섭리(弘益攝理)의 세계이네.

이는,
일시무시일(一始無始一)이며,

일종무종일(一終無終一)의 성품이 무한 열린,
무한상생(無限相生) 융화(融化)의 어우름인,
절대불이(絶對不二)의 섭리(攝理)로,
무한상생(無限相生) 어우름인, 삶의 행복세계이며,
무한상생(無限相生) 융화(融化)의 세계,
삶의 행복, 평화의 세상이네.

이(是),
이화세계(理化世界)의
이(理)의 뜻에는, 두 가지의 뜻(義)이
함축(含蓄)해 있음이니,

하나는, 성품의 뜻이니,
완전한 절대적 궁극(窮極)의 성품으로,
완전한 절대적 궁극(窮極)의 이상(理想)과
완전한 절대적 무한(無限)의 가치(價值)를 가진,
완전한 궁극(窮極), 절대성(絶對性)을 일컬음이니,
이는, 만유(萬有)의 근본(根本), 본성(本性)을,
뜻함이네.

또, 하나는, 섭리(攝理)의 뜻이니,
완전한 궁극(窮極)의 절대섭리(絶對攝理)로,

완전한 궁극(窮極)의 절대이상(絕對理想)과
완전한 궁극(窮極)의 절대가치(絕對價値)를 가진,
완전한 궁극(窮極)의 절대섭리(絕對攝理)를
일컬음이니,

이는,
일시무시일(一始無始一)이며,
일종무종일(一終無終一)인
만유(萬有)의 근본(根本), 본성(本性)의
섭리(攝理)이네.

그러므로,
이화세계(理化世界)의
이화(理化)의 화(化)는,
완전한 절대적 궁극(窮極)의 이상(理想)과
완전한 절대적 무한(無限)의 가치(價値)를 가진,
완전한 절대적 성품의 세계이며,

또한,
완전한 절대적 궁극(窮極)의 이상(理想)과
완전한 절대적 무한(無限)의 가치(價値)를 가진,
완전한 절대적 섭리(攝理)의 세계이네.

그러므로,

이화세계(理化世界)란,

완전한 절대적 궁극(窮極)의 이상(理想)과

완전한 절대적 무한(無限)의 가치(價値)를 가진,

완전한 절대적 궁극(窮極)의 성품이 열린,

삶의 세계이며,

또한,

완전한 절대적 궁극(窮極)의 이상(理想)과

완전한 절대적 무한(無限)의 가치(價値)를 가진,

완전한 절대적 궁극(窮極)의 섭리에 의한,

행복한 삶의 세상이네.

이러한,

삶의 이화세계(理化世界)는,

모든, 만물과 만 생명과 만 사람이 원하고 바라는,

무한(無限) 행복과 평화의 축복이 열린,

궁극적 삶의 이상(理想)세계이네.

이러한, 이화세계(理化世界)는,

완전한 절대적 궁극(窮極)의 이상(理想)과

완전한 절대적 무한(無限)의 가치(價値)를 가진,

삶의 절대(絕對) 궁극(窮極)의 무한 행복이 열린,
생태환경적(生態環境的) 삶의 세계이므로,

이러한, 이화세계(理化世界)가 아니면,
삶의 절대적 궁극(窮極)의 이상(理想)과
삶의 절대적 무한(無限)의 가치(價値)인,
삶의 무한(無限)한 궁극(窮極)의 행복(幸福)과
삶의 무궁(無窮)한 평화(平和)와 안정(安定)을
잃으므로,
이는,
삶의 행복이 불안정(不安定)하게 되고,
삶의 평화가 불안정(不安定)한 삶이 됨이네.

그러므로,
이화세계(理化世界)는,
삶의 절대적 가치인 행복세계이므로,
모든 생명이 추구하는 삶의 이상(理想)이며,
모두가 행복한, 무한(無限) 가치의 삶의 세계이네.

이러한,
무한 행복, 이상(理想)인 이화세계(理化世界)는,
순수 본연(本然)의 무한 정신(精神)이 열린,

순수 정신승화(精神昇華)의 세계이니,
막연한 추상적(抽象的) 욕구(慾求)의 기대(期待)와
잘못된 이기적(利己的) 욕망(慾望)으로 이루고,
성취하는 세계가 아니네.

이러한, 이상(理想)의
이화세계(理化世界)를 이루기 위해서는,
바람직한 이상(理想)의 시야(視野)를 확립하고,
무한 궁극(窮極)을 향한
끝없는 의지(意志)의 정신을 가지며,
무한 가치(價値)를 추구(追求)하는 그에 상응한
의식(意識)과 정신승화(精神昇華)를 도모하며,
왜곡되거나, 이기적인 편협(偏狹)과 집착(執着)과
미혹의 시각적(視角的) 안목(眼目)을 벗어나는,
무한 열린 의식진화(意識進化)와
무한 열린 정신추구(精神追求)를 위해,
끊임 없는 적극적 자기개선(自己改善)을 도모하고,

삶의 생태환경인,
인연한 환경의 행복과 평화를 불안하게 하는,
자기모순(自己矛盾)의 다양한 요소들을
스스로 제거하고자,

선의적(善意的) 긍정의식(肯定意識)으로,
다각적, 자신의 여러 모순점(矛盾點)을 해결하며,

서로, 한 어우름, 삶의 환경 관계 속에,
선의(善意)의 상생(相生)과 존중(尊重)으로,
바람직한, 깨어있는 열린 마음으로,
융화(融化)의 상생심(相生心)을 도모하며,
서로 위하는, 합일(合一)의 순수 정신을 일깨우고,
무한, 관계개선(關係改善)의 향상을 추구하며,

아직,
왜곡된 시각(視角)에서 벗어나지 못한
의식(意識)과 정신승화(精神昇華)를 위해,
자신을 일깨우는, 무한궁극(無限窮極)을 향한,
자기 진화(進化)의 끊임 없는 변화를 도모하는,
적극적, 자기 개선(改善)의 의지(意志)와
끊임 없는, 자기 변화의 노력으로,
무한 승화(昇華)의 이상(理想)을 향한
바람직한 자기 진화(進化)의 성숙(成熟)과
바람직한 의식(意識) 개선(改善)의 향상으로,
무한상생융화(無限相生融和)를 위한
의식승화(意識昇華)의 노력 속에 이루지는,
자기(自己), 진화(進化)의 의식개선(意識改善)과

자기의 끊임 없는 정신승화(精神昇華)에 의한,
무한 가치를 향한, 의식(意識) 승화(昇華)의
이상(理想)세계이네.

이, 이상세계(理想世界)는,
마음과 정신(精神)의 승화(昇華)로,
무한(無限) 순수의식(純粹意識)이 깨어나,
이상(理想)을 향한, 순수정신이 열리어,
무한 궁극의 이성(理性)과 지성(智性)이 깨어나,
순수(純粹)의 궁극지혜(窮極智慧)가 열린,
정신승화(精神昇華)의 세계이네.

이, 이화세계(理化世界)는,
의식(意識)과 정신(精神)이 승화한 세계로,
무한, 절대적 가치가 열린, 삶의 어우름 세상이니,
이는, 무한상생(無限相生)의 어우름으로 행복한,
순수의식(純粹意識)이 무한 열린 성품의
어우름의 세계이네.

이는,
본연(本然)의 순수의식(純粹意識)이 열린,
지고(至高)한 삶의 이상세계(理想世界)이며,

마음과 순수정신이 무한 열리어, 깨어 있는,
정신승화(精神昇華)의 세계이네.

이, 순수 이성(理性)의 승화(昇華)로,
지고(至高)한 이상(理想)이 열린, 무한 행복세계인
이화세계(理化世界)는,
천지인(天地人)이 한 성품, 한 생명작용으로,
하나로 어우른 무한상생조화(無限相生造化)의
무궁섭리(無窮攝理)의 세계이네.

이, 이화세계(理化世界)의 성품은,
절대(絕對), 궁극(窮極)의 이상(理想)과
절대(絕對), 무한(無限) 가치(價值)의 성품으로,
완전한 궁극(窮極)의 절대성(絕對性)이며,
본래, 본연(本然)의 본성(本性)인,
일시무시일(一始無始一)의 무한(無限)의 성품이며,
일종무종일(一終無終一)의 무궁(無窮)의 성품이네.

이, 이화세계(理化世界)는,
곧,
인중천지일(人中天地一)인,

성통광명(性通光明)의 무한 정신이 열리어,
궁극 이상(理想)의 절대이성(絕對理性)이 열리고,
무한 궁극 가치의 절대지성(絕對智性)이 열리어,
천지인(天地人)이 하나인, 성통광명(性通光明)의
일시무시일(一始無始一)과
일종무종일(一終無終一)의 근본 성품이 열린,
본심본태양앙명인(本心本太陽昴明人)의 세계이네.

이는,
지고(至高)한 순수 정신(精神)이 열리어,
무한 절대(絕對)의 순수 성품이 열린
무한 상생(相生)의 어우름 세계로,
무한 무궁(無窮) 절대성(絕對性)의 조화(造化)인,
무한 상생(相生) 융화(融化)의 어우름,
홍익섭리(弘益攝理)의 세상인
홍익세상(弘益世上)이네.

11장_
홍익(弘益)의 이(理)

홍익(弘益)의 이(理)

홍익(弘益)의 이(理)는,
홍익(弘益)의 이화세계(理化世界)이니,
이는, 홍익(弘益)의 섭리이며, 순리(順理)이며,
도(道)이네.

홍익(弘益)의 근본(根本)이며, 근원(根源)이,
천지인(天地人), 상생조화(相生造化)의 섭리인
홍익대도(弘益大道)이네.

일체(一切),
만물(萬物)과 만 생명 존재의 근본이며, 근원인,
천지인(天地人), 이(理)의 섭리(攝理),
무한상생조화(無限相生造化)의 섭리이며, 진리인,
홍익대도(弘益大道)를 벗어나면,
모든, 존재의 섭리와 세계는 사라지네.

만약,

천지인(天地人), 생생조화(相生造化)의 섭리,

홍익대도(弘益大道)를 벗어나면,

모두의 삶이 아름답고, 행복하며, 평화로운,

삶의 궁극의 행복을 향한

절대적, 궁극(窮極)의 이상(理想)과

무한 가치의 세계인, 홍익(弘益)의 진리와

홍익섭리(弘益攝理)의 바탕이며, 근본(根本)인,

그 뿌리의 실체와 법(法)과 진리(眞理)를

증명(證明)하고, 근거(根據)하며 유추(類推)할,

그 바탕의 실체(實體)를 찾을 수가 없고,

또한, 어디에도 존재하지 않음이네.

왜냐하면,

천지인, 한 어우름 운행의 상생조화(相生造化)인,

홍익대도(弘益大道)를 벗어나면,

모든,

존재(存在)와 생명 행복 추구의 삶에 있어서

오직, 유일(唯一)이며,

오직, 궁극(窮極)이며,

오직, 무한(無限)이며,

오직, 최선(最善)이며,
오직, 바람직한 이상적(理想的) 삶의 진리,
추구(追求)의 실체(實體)인,

홍익(弘益)을 유추(類推)하고, 사고(思考)하며,
정의(定義)하고, 진리(眞理)로 정립(正立)하여
정의(正義)하며,
삶의 이상(理想)과 존재(存在)의 가치와
모두의 삶이 행복한 가치의 세계,
행복한 삶과 사회의 환경을 건립하고, 이끌어낼,
근거(根據)의 실체(實體)와 섭리의 모습과
작용의 조화(造化)와 원리(原理)의 근원적 바탕인,
진리(眞理)의 본처(本處)를, 찾을 수가 없네.

이(是),
정의(定義)와 정의(正義)의 뜻은,
홍익(弘益)의 유일(唯一)한 바탕이며,
실체(實體)인,
최고최대최상(最高最大最上)의 궁극(窮極) 섭리인,
무한(無限) 가치의 세계, 실체(實體)는,

이 우주(宇宙), 무한 세계,

모든, 존재의 생명과 만물(萬物)이,

그 존재의 삶을 의지(依支)하며,

그 섭리(攝理)에 의지해,

그 생명과 삶을 유지(維持)하고 살아가는,

무한, 무궁대도(無窮大道)의 근본 바탕인,

시방(十方) 우주, 천지인(天地人) 만물(萬物),

무한상생조화(無限相生造化)의 무궁(無窮) 섭리가,

오직, 유일무이(唯一無二)한 홍익대도(弘益大道)의

기틀이며, 바탕이기 때문이네.

만약,

천지인(天地人), 상생조화(相生造化)의 섭리,

홍익대도(弘益大道)를 벗어나면,

홍익(弘益)을 유추(類推)할 진리와 섭리와 모습인,

삶의 이상(理想)을 추구(追求)할, 근거(根據)의

실체(實體)를, 찾을 수가 없네.

오직,

모두의 삶이 행복하고,

존재와 삶의 무한 가치를 가지며,

삶이 행복한, 궁극의 이상(理想)세계를 꿈꾸는,

존재와 생명의 삶이, 아름다운 세계는,

일시무시일(一始無始一)의 절대성(絶對性),
한 성품, 궁극(窮極)의 어우름 총화(總和)이며,
천지인, 무한상생조화(無限相生造化)의 섭리인,
홍익이념(弘益理念)이네.

오직,
이(是), 한 성품,
궁극의 어우름, 무한상생조화(無限相生造化)의
이, 섭리(攝理)와 조화(造化)의 세계를 벗어나면,
순수 이성(理性)과 순수 지성(智性)을 일깨우고,
모두의 삶이 행복하고, 평화로운 삶의 환경인,
행복사회의 이상세계(理想世界)를 유추(類推)하고,
추구(追求)하며, 지향(志向)하고, 자각(自覺)하며,
학습(學習)하고, 실천하며, 서로 상생(相生)하는
행복의식(幸福意識)을 일깨우고, 또한, 깨우치며,
행복사회를 위한 절대적, 궁극 승화의 진리와
섭리의 세계를 깨우치고, 배울 곳이 없네.

왜냐하면,
생명과 존재의 무한 가치를 생각하고,
삶이 행복한, 이상세계(理想世界)를 꿈꾸며,
존재와 생명의 삶이, 아름다운 행복세계는,
누구든, 궁극의 행복과 평화를 지향하는,

무한 상생조화(相生造化)의 한 어우름을 벗어나,
자기 홀로, 존재하는 세계가, 아니기 때문이네.

모든 존재(存在)는,
천지인, 상생조화(相生造化)의 생태섭리에 의해,
생성(生成)하고, 존재(存在)하며,

또한, 모든 존재(存在)의 생명과 삶도,
천지인, 상생조화(相生造化)의 생태환경 섭리의,
도움 속에, 의지해 있기 때문이네.

모든 존재(存在)는,
천지인(天地人), 무한상생조화(無限相生造化)의
홍익섭리(弘益攝理)를 벗어나면,
삶과 생명이 의지한, 생태환경이 사라져,
살 수가 없고,
또한, 존재(存在)할 수가 없네.

이것이,
모든, 만물(萬物)이 존재하며 살아가는,
생명 유지(維持)의 유일한 삶의 바탕이며,
만물(萬物)의 생명의 삶이 의존한 생태환경으로,

이 무한(無限) 상생(相生)의 생태환경(生態環境)이,
곧, 천지인 만물, 무한상생조화(無限相生造化)인,
홍익(弘益)의 이(理)이네.

12장_
홍익(弘益)의 인(人)

홍익(弘益)의 인(人)

최상(最上), 이상(理想)의 삶과
최상(最上), 이상(理想)의 인(人)의,
궁극(窮極), 승화(昇華)의 이념(理念)인,
홍익(弘益), 이상(理想)의 뿌리는,
천지인, 한 성품 무한 상생(相生)의 어우름인,
상생조화(相生造化)의 섭리이네.

홍익(弘益), 도(道)의 근거(根據)는,
천지인, 한 성품 어우름인, 상생조화(相生造化)의
무한무궁섭리(無限無窮攝理)이네.

천지인(天地人),
만물(萬物), 무한상생조화(無限相生造化)의 운행인,
홍익대도(弘益大道), 무궁상생(無窮相生)의 성품이,
천지인(天地人), 만물(萬物)의 근본 성품으로,
곧, 불가사의(不可思議) 성품, 절대성(絶對性)인,

무한(無限) 생명성(生命性)이네.

이, 불가사의, 생명성(生命性)의 성품은,
무한상생(無限相生)의 생명작용인,
시종(始終) 없는, 무한무궁(無限無窮)의 특성이,
있음이네.

이, 무한(無限) 생명성품, 작용의 섭리세계인,
홍익인(弘益人)의 성품은,
천부경(天符經)에는,
천지인(天地人)이 하나인, 근본 성품이,
곧, 홍익(弘益)의 근본 성품이며,

이, 무한(無限) 생명성품, 작용의 섭리세계인,
홍익인(弘益人)의 도(道)는,
천지인(天地人)이 한 성품, 궁극(窮極)의 어우름인,
무한상생(無限相生)의 무궁대도(無窮大道)가,
홍익인(弘益人)의 무한 무궁대도(無窮大道)이며,
홍익대도(弘益大道)이네.

홍익인(弘益人)의
무한궁극(無限窮極), 홍익대도(弘益大道)의 성품은,

일시무시일(一始無始一)이며,
일종무종일(一終無終一)의 성품으로,
한 성품, 한 생명성(生命性)의 어우름인,
인중천지일(人中天地一)의 성품이니,
이는, 본심광명(本心光明)의 성품으로,
본심본태양앙명인(本心本太陽昻明人)의
성품이네.

홍익인(弘益人)은,
일시무시일(一始無始一)이며,
일종무종일(一終無終一)의 궁극(窮極) 성품이며,
본래(本來), 본연(本然)의 성품이 열린,
성통광명인(性通光明人)이니,

이는,
홍익대도본심광명(弘益大道本心光明)이 열린,
천지인이 하나인 인중천지일(人中天地一)의
본심광명인(本心光明人)인,
본심본태양앙명인(本心本太陽昻明人)이네.

홍익인(弘益人)은,
천지인(天地人)의 근본(根本)인,

일시무시일(一始無始一)의 본성(本性)과
일종무종일(一終無終一)의 무한 궁극(窮極)인,
종극(終極)의 성품이 열린 사람으로,
천지인(天地人)이 한 성품인,
인중천지일(人中天地一)의 본심(本心)이 열린,
본심본태양앙명인(本心本太陽昻明人)이네.

이는,
천지인(天地人)이 비롯한, 일시(一始)의 성품과
천지인(天地人)이 하나인,
무한(無限) 궁극(窮極)의 종극(終極)이 열린,
일종(一終)의 성품, 무종일성(無終一性)이 열린,
본심광명인(本心光明人)이네.

그러므로,
홍익인(弘益人)은,
천지인(天地人), 무궁창생조화(無窮創生造化)의
근본 성품이 열린, 성통광명인(性通光明人)으로,
천지인(天地人)의 섭리,
홍익대도(弘益大道)의 성품인
본심본태양앙명(本心本太陽昻明)의 궁극이 열린,
본심본태양앙명인(本心本太陽昻明人)이네.

이는,

천지인(天地人)이 한 성품, 한 생명세계인,

일시무시일(一始無始一)의 무한 생명작용의

세계로,

무한무궁(無限無窮) 상생(相生)의 섭리인,

홍익대도(弘益大道)의

무한(無限), 궁극(窮極)의 이념(理念)과

무한(無限), 궁극(窮極)의 정신이 열리어 승화한,

인중천지일(人中天地一)의 성품이 열린, 홍익인(弘益人)으로,

무한무궁상생조화(無限無窮相生造化)의

궁극(窮極) 섭리의 성품이 열린,

홍익대도심(弘益大道心)의 사람이네.

이, 홍익인(弘益人)은,

일시무시일(一始無始一)의 무시성(無始性)과

일종무종일(一終無終一)의 무종성(無終性)이 열린

성통광명인(性通光明人)으로,

천지인(天地人)이 하나인,

본심광명(本心光明)이 두루 밝은,

본심본태양앙명인(本心本太陽昻明人)이네.

13장_
홍익(弘益)의 성품

홍익(弘益)의 성품

홍익(弘益)의 성품은,
만물(萬物)의 근본(根本) 성품으로,
무한상생조화(無限相生造化)의 성품이네.

이는,
일시무시일(一始無始一)의 성품으로
무한창생조화(無限創生造化)의 성품이며,
일종무종일(一終無終一)의 성품으로
무궁무한조화(無窮無限造化)의 성품이네.

홍익(弘益)의 성품은,
천지인, 만물생성(萬物生成)이 끝없는 근본인,
석삼극무진본(析三極無盡本)의 성품이며,

천지인(天地人)이 한 성품, 하나로 어우른,

무한 시방(十方), 다함 없는 조화(造化)의 근본인,
일적십거무궤화삼(一積十鉅無匱化三)의 성품이며,

천지인(天地人), 무한(無限) 상생조화(相生造化)로,
만물(萬物), 무궁창생조화(無窮創生造化)의 운행인,
대삼합육생칠팔구운(大三合六生七八九運)의
성품이며,

천지인 시방세계, 끝없는 무한 조화(造化)인,
삼사성환오칠일묘연(三四成環五七一妙衍)의
불가사의, 무한 상생(相生)의 성품이며,

천지인(天地人)이 오직, 한 성품이며,
오직, 한 생명성(生命性)의 어우름인
무한상생(無限相生)의 절대성(絶對性)이며,
인중천지일(人中天地一)의 한 성품 세계,
한 생명, 무한무궁성(無限無窮性)이 열린
불가사의 성품이네.

이, 성품의 세계는,
마음 성품의 무한(無限) 궁극(窮極)이 열린,
천지인이 하나인, 본심광명(本心光明)의 세계로,

무시성(無始性)인
일시무시일(一始無始一)의 성품 세계이며,
무종성(無終性)인
일종무종일(一終無終一)의 성품 세계이네.

이는, 시(始)와 종(終)이 끊어진,
무한(無限), 궁극(窮極)의 성품이 열린
본심본태양앙명인(本心本太陽昻明人)의 세계로,
천지인(天地人)이 하나인, 본심광명(本心光明)의
불가사의 성품의 세계이네.

이(是),
시방(十方), 일체(一切)가,
오직, 한 성품,
오직, 한 생명 어우름의 섭리작용인
무한(無限) 상생(相生), 무궁조화(無窮造化)의
홍익(弘益)의 성품이네.

이(是),
홍익(弘益) 성품의 작용이
천지인(天地人)이 오직, 한 성품이며,
한 생명성(生命性)의 섭리작용인

무한무궁(無限無窮), 상생조화(相生造化)의
융화세계(融和世界),
무궁대도(無窮大道)의 섭리(攝理)이며,

이(是),
무한무궁(無限無窮)의 성품이
천지인(天地人), 만물(萬物) 생성(生成)과 운행의
홍익대도(弘益大道)의 성품이네.

홍익(弘益)의 성품은
나, 너를 위하는 그 마음이며
너, 나를 위하는 그 정신이니
그것은,
우리의 생명은
너와 내가 둘 없는 하나인
우주의 생명에서 왔으며,
너와 내가 본래 하나인, 그 생명 길을 따르는
티 없는 순수한 마음
너와 나의 생명이 본래 하나인
영원한
운명의 삶이네.

14장_
존재의 이상(理想)

존재의 이상(理想)

존재(存在)의 이상(理想)은,
존재(存在)의 안정(安定)과 평안(平安)이네.

존재(存在)는,
유형무형(有形無形)의 만물(萬物)이며,

이상(理想)은,
존재(存在)가 추구(追求)하는,
궁극(窮極)의 안정(安定)과 평안(平安)이며,
절대적 삶의 가치인, 완전한 삶의 행복세계이네.

모든 존재(存在)가,
본능적으로, 궁극(窮極)의 안정(安定)과
평안(平安)을 도모하고, 추구(追求)함은,
존재의 본질(本質), 본 바탕 특성의 성질에

있음이네.

이는,
유형무형(有形無形)의 일체존재(一切存在),
그 바탕, 본성(本性)이 절대성(絶對性)으로
무한 절대 안정(安定)과 평안(平安)의 성품이기,
때문이네.

이(是),
무한(無限) 절대성(絶對性)은,
무한(無限) 절대(絶對)의 안정(安定)과
무한(無限) 절대(絶對)의 평정(平定)과
무한(無限) 절대(絶對)의 평안(平安)인
무한(無限) 절대성(絶對性)의 생태 특성을 지닌,
만물(萬物)의 본성(本性)으로,
무시무종(無始無終)의 무궁(無窮) 성품이네.

모든 존재(存在)인,
유형무형(有形無形)의 일체존재(一切存在)는,
존재(存在)의 생태성질(生態性質)이,
존재(存在)의 생태본능(生態本能)에 의해
생태안정(生態安定)을 유지하고자 하는,

생태안정본능(生態安定本能)을 유발(誘發)하니,

이는,
존재(存在)의 생태성질(生態性質)이,
절대본성(絕對本性)의 안정상태(安定狀態)로
되돌아가고자 하는,
생태본능(生態本能)에 의한
순수, 자연반응회귀현상(自然反應回歸現象)이네.

이, 생태본능(生態本能)의
안정작용(安定作用)이 일어남은,
존재(存在), 생태(生態)의 작용과 현상이
절대본성(絕對本性)을 바탕으로 하여 일어나는,
상황(狀況)의 조건성(條件性)에 의한
상응(相應)의 반응(反應)과 그 작용의 변화와
그에 의한 현상의 흐름들이기 때문이네.

그러므로,
모든, 존재(存在)의 생태(生態)는
항상, 조건성(條件性)에 상응(相應)하여
안정을 위해 반응(反應)하고, 작용하며, 변화하는,
그 안정을 위한 작용과 변화의 흐름 속에

항상, 놓여 있으므로,

모든, 존재(存在)의 작용과 변화의 그 흐름은
자연생태성질(自然生態性質)의 안정 특성에 따라,
다양한, 무수(無數) 상응(相應)의 조건성을 통해
그에 상응(相應)한, 생태안정(生態安定)을 위한,
다양한 특성의 생태안정작용(生態安定作用)인
자연상응안정반응(自然相應安定反應)에 의한,
다양한 상황(狀況)의 작용과 변화의 흐름들이,
모든, 생태(生態)의 작용과 변화의 흐름인
자연현상의 흐름들이네.

존재의, 생태안정본능(生態安定本能)은
절대본성(絕對本性)의 안정생태를 바탕으로 한,
머무름 없는, 생태작용 현상의 흐름들이므로,
변화와 흐름의 모든 존재(存在)들은
끊임없이, 머무름 없는 흐름의
생태안정본능(生態安定本能)을 유발(誘發)함이니,
이는, 존재생태성질(存在生態性質)이
절대본성(絕對本性)의 특성인, 생태안정을 위한
절대안정(絕對安定)작용과 반응인
생태성질(生態性質)의 자연반응(自然反應)으로,

모든 존재, 생태(生態)의 본능(本能)인
자연본능안정작용(自然本能安定作用)이네.

이는,
한 성품, 한 생명성(生命性)이
절대성(絕對性)으로 융화(融化)하며, 흐르는,
불가사의, 절대성(絕對性) 불이(不二)의
섭리(攝理)이며,
불이(不二)의 작용이네.

이는,
체(體)와 용(用), 이(理)와 사(事),
상(相)과 공(空)이, 불이융화(不二融化)의 세계인
절대중(絕對中), 융화(融化)의 섭리로,
모든, 현상계(現象界)가 변화하며 흐르는
불가사의한 현상계(現象界)의 섭리이며, 작용이니,
이는, 본성(本性)에 의한, 생태본능(生態本能)의
작용이네.

모든,
존재의 생태본능(生態本能)의 작용은,
생태안정(生態安定)을 위한

자연본능(自然本能)의 작용이니,
이, 생태본능(生態本能)의 안정작용(安定作用)은
무한(無限), 절대(絕對)의 안정(安定)과
무한(無限), 절대(絕對)의 평안(平安)을 위한
생태본능(生態本能)으로,

절대성(絕對性)인 본성(本性)의,
본래(本來)의 안정(安定)과 평안(平安)으로
돌아가고자 하는, 회귀본능(回歸本能)에 의한
자연반응(自然反應)의 작용이네.

이는,
본성(本性)의, 생태안정(生態安定)으로 돌아가려는
모든 존재(存在)의 생태안정본능(生態安定本能)인
존재의 생태성질(生態性質)이며,
존재의 근원적(根源的), 기본 본능(本能)이네.

이(是),
생태본능(生態本能)이 일어남은
모든 존재(存在)의 생태(生態)는,
존재(存在), 그 자체의 생태성질(生態性質)이
절대성(絕對性)인 본성(本性)의

무한(無限), 절대안정(絕對安定)과
무한(無限), 절대평안(絕對平安)을 벗어나,
스스로 홀로 존재할 수 없는 생태성질 속에
한 어우름, 생태환경에 의존한 존재성으로,
존재의 생태성질이, 절대 안정성(安定性)을 잃은
존재생태불안(存在生態不安)의 연속성(連續性)에
놓여있기 때문이네.

이(是),
모든 존재가,
존재의 절대 안정성(安定性)을 잃은
이러한, 생태불안(生態不安)에 놓인 까닭은,
본래(本來)의 절대성(絕對性)인
무한(無限), 절대안정(絕對安定)과
무한(無限), 절대평안(絕對平安)을 벗어나므로,
한 어우름 생태환경에 의존(依存)한
존재(存在)의 생태속성(生態屬性) 속에 있기
때문이네.

그러므로,
모든 존재(存在)의 생태성질과 생태 특성이
한 어우름, 생태환경에 의존(依存)해 존재함으로,

그 어떤 존재(存在)이든,
그 혼자, 스스로 존재(存在)할 수 있는
독자(獨自), 존재의 자존력(自存力)이 없으므로,
홀로, 스스로, 존재(存在)할 수 없는
생태성질과 생태 특성 속에 있기 때문이네.

그러므로,
모든 존재의 생태는, 자존력(自存力)이 없으므로,
스스로, 홀로, 독자(獨自), 존재(存在)할 수 없는,
한 어우름 상생(相生)의 생태환경에 의존(依存)한
존재의 성질과 존재의 생태 특성 속에 있음이네.

그러므로, 모든 존재는,
오직, 만물(萬物)의 한 어우름, 생태환경인
무한 상생(相生)의 한 어우름, 생태환경에 의존한,
생태섭리의 존재적 삶을 살 수 밖에 없는,
존재운명(存在運命) 순간의, 연속성(連續性) 속에
놓여 있음이네.

그러므로,
모든 존재는, 한 성품 어우름의 생태환경인
무한상생조화(無限相生造化)의 세계를 벗어나면,

그 어떤 존재(存在)이든, 존재할 수가 없으며,
또한, 그 어떤 존재(存在)이든
무한상생조화(無限相生造化)의 생태환경을
벗어나면,
그 생명과 존재의 삶을, 유지할 수가 없네.

이(是),
모든 존재(存在)의 이러한 생태 특성이
모든 존재(存在)의 생태속성(生態屬性)이니,
모든 존재(存在)가 그러함으로,
그 어떤 존재(存在)이든,
모두가, 한 어우름으로 연계(連繫)된
무한상생(無限相生)의 생태환경 속에 의지해
그 존재(存在)의 삶을 유지하고,
또한, 살아가고 있기 때문이네.

모든 존재(存在)는,
그 생태환경의 섭리 속에 생성(生成)되어,
그 생태환경의 인연섭리를 따라 형태를 갖추고,
그 생태환경의 섭리를 따라 살아가는,
그 생태환경의 섭리에 의한,
그 존재(存在)의 속성을 지닌 모습과 형태의

개체(個體)이네.

그러므로,
그 존재가, 무엇이든,
스스로, 홀로, 자존(自存)할 수 있는
존재(存在)의 특성을, 스스로 갖고 있지 못함으로,
그 존재(存在)가 무엇이든
스스로, 홀로, 자존(自存)할 수가 없으며,

또한,
스스로, 홀로, 존재(存在)할 수가 없으므로,
모든 존재는, 하나로 어우른 섭리의 작용인
무한상생(無限相生), 생태환경의 어우름에
의존(依存)해야만,
오로지, 그 존재가 유지(維持)되고,
또한, 존재의 삶을 유지(維持)할 수 있는,
존재(存在), 생태환경 섭리의 속성(屬性) 속에
존재(存在)해 있음이네.

그러므로, 모든 존재(存在)는,
일시무시일(一始無始一)의 무시성(無始性)이며,

일종무종일(一終無終一)의 무종성(無終性)인
절대성(絕對性)의 한 성품,
무한상생(無限相生), 융화(融化)의 어우름,
무한(無限) 상생섭리(相生攝理)의 작용과 운행인
생태환경에 의존해야만 존재(存在)가 유지되고,
또한, 존재의 삶을 살아갈 수가 있음이네.

그러므로, 모든 존재는
스스로, 홀로, 자존(自存)할 수 있는
생태성질을 갖고 있지 않음으로,
무한상생(無限相生)의 한 성품, 한 어우름인,
상생섭리(相生攝理)의 상생환경(相生環境)에서만
존재할 수 있는, 존재 생태성질의 특성을
지니고 있음이네.

그러므로,
자기 존재의 본(本) 바탕이며, 본성(本性)인,
절대안정(絕對安定)의 성품인
절대본성(絕對本性)의 안정생태(安定生態)을 향한
생태안정본능(生態安定本能)을 유발하니,

이(是),

생태안정본능(生態安定本能)의 작용은
무한(無限) 절대(絶對) 생태안정(生態安定)과
무한(無限) 절대(絶對) 생태평안(生態平安)을 향한
생태(生態) 본능(本能)의 작용이네.

이는, 모든 존재(存在)
생태본능(生態本能)의 자연반응(自然反應)으로,
무의식적(無意識的)이며,
자연본능적(自然本能的)으로 끊임없이
생태안정작용(生態安定作用)을 하며,

이(是),
생태본능(生態本能)의 작용은,
절대적(絶對的), 생태안정(生態安定)을 향한
생태안정반향반응작용(生態安定反響反應作用)의
현상이네.

이는,
절대안정성(絶對安定性)인
본래본성(本來本性)의 절대성(絶對性)을 벗어나,
존재의 절대안정(絶對安定)을 잃은
존재의 생태성질(生態性質)이,

끊임없이 변화하는 존재 생태속성 속에,
찰나찰나 변화하는 존재의 성질,
생태안정불안(生態安定不安)의 연속성(連續性)에
놓여 있으므로,
존재, 생태본능(生態本能)의 자연반응(自然反應)인
본능적(本能的) 생태안정작용으로,
본래, 본성(本性)의 절대적 안정과 평안을 향한
자연본능적(自然本能的) 회귀본능(回歸本能)을
유발(誘發)함이네.

왜냐하면,
모든 존재는, 그 존재의 속성(屬性)이,
찰나(刹那)에도 머무름 없는
생멸변화(生滅變化)의 연속성(連續性) 속에
놓여 있는, 운명(運命)이기 때문이네.

이러한,
생태본능(生態本能)의 안정작용(安定作用)은,
존재(存在) 생태(生態)의 특성과 성질에 따라,
존재(存在) 특성적 특유한 삶인,
유형무형적(有形無形的),
삶의 다양한 특성과 형태의 갈래를 달리하며,

다양한 종류와 존재의 세계, 차별 특성이
있음이네.

또한,
생태안정본능(生態安定本能)을 향한
존재(存在)의 의지적(意志的) 작용에 따라,
생태(生態)의 안정(安定)과 평안(平安)를 도모하는,
다양한 형태의 특성과 생태환경적 삶의 작용이
이루어지고 있음이네.

이러한,
궁극(窮極)의 생태안정(生態安定)을 향한
삶의 다양한 특성은, 존재의 생태 본능에 의한
절대(絕對)의 안정(安定)과 평안(平安)을 추구하는
생태안정본능(生態安定本能)에 의함이니,
이러한, 생태안정(生態安定)의 본능적 행위는
생태 특성의 성질에 따라, 다양한 삶의 모습과
다양한 형태의 갈래를 달리하며
생태의 특성과 성질에 따라,
다양한 모습과 삶의 형태로 펼쳐짐이네.

이러한 작용의 모두는

존재, 생태안정(生態安定)의 본능(本能)으로,
궁극(窮極)의 절대 안정인, 생태평안을 추구하는
생태본능적(生態本能的) 삶의 모습이네.

그러므로,
모든 존재의 다양한 삶의 특성,
이 모두가, 생태안정본능(生態安定本能)에 의한
절대적 안정(安定)과 평안(平安)을 도모하며,
절대적 안정(安定)과 평안(平安)을 향한
본능적 생태안정인, 절대 평안의 행복을 추구하는,
심리적(心理的), 생태적(生態的), 환경적(環境的),
절대안정(絕對安定)의 궁극(窮極)을 지향하는
다양한 삶의 모습이네.

이는,
존재(存在), 생태(生態)의 자연본능(自然本能)으로,
사람이 아니어도, 모든 생명체와 존재가 가진
모든 존재, 생태(生態)의 특성이니,
나무의 뿌리가 땅속 깊이 물을 찾아 파고들고,
나무의 가지가 빛과 따뜻함을 향해
빛과 따뜻함이 있는 곳으로 가지를 뻗으며,

또한, 사람이어도,
밝음과 따뜻한 성품을 가진 사람에게
자연적(自然的)으로, 더욱 호감을 가지는 것도,
또한, 이와 다를 바가 없음은,
그 성품에 의해, 마음의 안정과 평안을
도모하거나, 얻기 때문이네.

또한,
자연현상(自然現象)인,
바람이 불고, 비가 오며, 물결이 출렁이고,
바람의 강도(強度)와 방향이 달라지며,
파도의 높이가 변화하고,
물은 위에서 아래로 흐르며,
따뜻한 열기는, 아래에서 위로 향하고,

또한,
추우면, 피부가 응축(凝縮)하고,
더우면, 몸에서 땀이 나며,
병(病)이 생기면, 아픔과 통증을 수반(隨伴)하는,

이, 자연의 현상이, 모두,
자연(自然), 생태안정(生態安定)의 균형(均衡)과

평정평안(平定平安)의 안정조화(安定調和)를
유지하기 위한 자연현상(自然現象)인,
생태안정(生態安定)의 절대성(絕對性)을 향한
자연생태안정(自然生態安定)의 본능(本能)이네.

모든 존재(存在)가
그 모습과 성질이 각각 달라도,
그 삶의 궁극적(窮極的) 이상(理想)은,
생태안정본능(生態安定本能)에 의한
궁극적(窮極的) 생태안정(生態安定)과
무한평안(無限平安)의 절대 행복임은,
그 무엇이든 다를 바가 없네.

존재생태안정(存在生態安定)은
생태물질적(生態物質的)으로는,
절대안정(絕對安定)인 평정(平定)과 균형(均衡)의
절대조화(絕對調和)의 절대중(絕對中)의 상태이니,

이는,
생태적(生態的) 안정이 조금도 부족함도 없고
생태적(生態的) 안정이 조금도 과(過)함이 없는
완전한,

절대평정(絕對平定)이며, 절대평안(絕對平安)이니,
이는,
절대성(絕對性)의 절대안정(絕對安定)인
절대중(絕對中)의 충만(充滿)함이네

또한,
존재생태안정(存在生態安定)은,
생태심리적(生態心理的)으로는
생태적(生態的) 평안(平安)과 안정(安定)의 기쁨과 행복이니,

이(是),
최상(最上), 궁극(窮極) 이상(理想)의
완전(完全)한, 절대적(絕對的) 행복(幸福)은,

생태심리적(生態心理的)으로는,
절대안정(絕對安定)인 절대평정(絕對平定)과
무엇에도 치우침 없는 절대균형(絕對均衡)과
심리적(心理的) 절대안정조화(絕對安定調和)의
절대중(絕對中)인, 심리상태(心理狀態)의 행복이니,

이는, 본연(本然)의

완전한 생명축복(生命祝福)이며,
완전한 절대행복(絕對幸福)으로,
절대, 순수의식(純粹意識)과 순수정신(純粹精神)이,
무한 열린 궁극(窮極)이며,
무한 열린 절정(絕頂)인
무한 정신승화(精神昇華)의 세계이네.

절대안정(絕對安定)인
평정(平定)과 균형(均衡)의 절대조화(絕對調和)인
절대중(絕對中)의 세계는,

생태물질적(生態物質的)으로는,
물질적(物質的) 완전한 안정(安定)과 평안(平安)의
절대안정(絕對安定)이며,

생태심리적(生態心理的)으로는,
심리적(心理的) 완전한 안정(安定)과 평안(平安)의
절대안정(絕對安定)이네.

절대본성(絕對本性)은
일시무시일(一始無始一)이며

일종무종일(一終無終一)의 성품인,

무한절대성(無限絕對性)의
생태안정본능(生態安定本能)에 의한
무한 상생(相生)의 궁극적(窮極的) 섭리의 작용이,
시방(十方) 우주를 운행하는, 한 성품작용이니,

이는,
무한상생(無限相生), 한 어우름 융화(融化)의
무한무궁행복(無限無窮幸福)의 섭리(攝理)인,
불가사의, 절대성(絕對性)의 섭리이네.

이(是),
생태안정본능(生態安定本能)에 의한
삶의 이상(理想), 추구(追求)에도,
이성적(理性的) 추구(追求)와
감성적(感性的) 추구(追求)가 있음이네.

이성적(理性的) 추구(追求)의 이상(理想)과
감성적(感性的) 추구(追求)의 이상(理想)이 달라,
서로 다른 것이 아님이니,

이 궁극(窮極)은,
절대 안정의 무한 평안과 무한 행복이니,
이 절대안정(絕對安定) 추구(追求)의 길에는
의식(意識)의 상황과 정신(精神)의 차원에 따라,
이성(理性)과 감성(感性)이 둘 없는
완전한 불이성(不二性)이기도 하고,
또한, 이성(理性)과 감성(感性)이 승화하여
하나가 되기도 하며,
또한, 상황에 따라, 이성(理性)과 감성(感性)을
차별화(差別化)하여,
각각, 그 길을 추구(追求)하기도 하네.

이성적(理性的) 추구(追求)의 이상(理想)은,
절대, 정(正)의 완전한 도리(道理)를 추구함으로,
그 의지(意志)와 정신(精神)이
절대, 정(正)의, 완전한 진리(眞理)로 향함으로,
그 궁극(窮極)을 향한 사유(思惟) 속에
의식(意識)이 밝게 깨어나고,
정신(精神)이 열리어 승화(昇華)함으로
궁극(窮極)의 완전한 정(正)인, 절대성의 진리,
지혜(智慧)의 문(門)을 열게 됨이네.

감성적(感性的) 추구(追求)의 이상(理想)은,
절대, 안정(安定)인 마음 평안(平安)을 추구함으로,
그 의지(意志)와 정신(精神)이
절대, 평안(平安)의 행복(幸福)을 향함으로,
그 궁극(窮極)을 향한 사유(思惟) 속에
선의적(善意的) 이해(理解)와 화합(和合)과
융화(融化)와 상생(相生)의 덕목(德目)인,
무한(無限) 총화(總和)의 심공덕성(心功德性)의
궁극(窮極)의 문(門)을 열게 됨이네.

이성적(理性的) 궁극(窮極)의 이상(理想)과
감성적(感性的) 궁극(窮極)의 이상(理想)이
총화(總和)된, 하나의 궁극(窮極)인
완전한 궁극(窮極)의 절대성(絕對性)일 때에,

순수(純粹) 궁극적 완전한 이성(理性)이 열림이며,
순수(純粹) 궁극적 완전한 감성(感性)이 열림이니,
이는,
이성적(理性的) 추구의 이상(理想)도 완전함이며,
감성적(感性的) 추구의 이상(理想)도 완전함이네.

왜냐하면,

이성적(理性的) 추구의 완전함이 아니면,
감성적(感性的) 안정(安定)과 평안(平安)의
완전한, 행복(幸福)일 수가 없고,

또한,
감성적(感性的) 추구의 완전함이 아니면,
그 어떤 안정(安定)과 평안(平安)의 행복이어도,
이성적(理性的) 완전한 사고(思考)의 밝음이 아니므로,
그 안정(安定)과 평안(平安)의 기쁨은,
정의(正義)와 진리(眞理)의 절대적 완전한,
무한 가치를, 갖지 못함이네

그러나, 평범한, 보편적 인식에는,
생태안정본능(生態安定本能)에 의한
존재(存在)의 궁극적(窮極的) 삶의 이상(理想)을,
이성(理性)이 아닌, 감성적(感性的)으로 수용하여
삶의 현실인, 촉각적 느낌과 수용의 괴로운 삶인,
고(苦)에 의한 감정(感情)에 우선하여,
고(苦)의 해결을 우선한
고(苦) 없는 행복을, 이상(理想)으로 생각함으로,
삶의 꿈과 이상(理想)이
감성(感性)의 지극한 행복충만의 세계로 인식하여,

괴로움이 없는, 지고한 행복의 세계를
이상(理想)으로 인지(認知)하여, 수용하기도 하네.

그러나, 이러한 보편적 행복(幸福)도,
자기(自己), 혼자만 존재하는, 세계가 아니므로,
반드시, 이기적(利己的)인 특성을 벗어난
순수이성(純粹理性)이 바탕이어야만, 가능함이네.

그러나, 절대 행복은,
이성(理性)과 감성(感性)이 둘 없는,
완전한 하나의 행복세계이네.

왜냐하면,
완전한 순수이성(純粹理性)의 궁극(窮極)세계는
완전한 순수감성(純粹感性)의 완전한 세계이므로,
이는, 순수이성(純粹理性)과 순수감성(純粹感性)이
궁극의 총화(總和)를 이룬, 정신승화(精神昇華)로,
순수 본연(本然)의 성품, 마음 광명이 무한 열린
무한(無限) 절대성(絕對性)의 세계이기 때문이네.

그 어떤, 이상(理想)의 행복이든,
대립(對立)과 갈등 속에는 이루어질 수가 없으니,

선의적(善意的) 상생(相生)과 융화(融化)와 합일의
총화(總和)를 이루어,
대립(對立)과 갈등이 사라진
무한상생(無限相生)의 한 어우름,
불이융화(不二融化)의 무한총화(無限總和)를
이루었을 때에만,
무한무궁상생(無限無窮相生)의 한 어우름이
곧, 축복(祝福)인,
무한 행복의 삶과 세상이 열림이네.

이성(理性)은,
지혜의 밝음인 지성(智性)이니,
절대적(絕對的)이며, 완전(完全)한 사고(思考)의
밝음인, 정(正)과 선(善)의 상태를 추구함으로,
그 의지(意志)와 의식(意識)의 진화(進化) 속에
순수 정신(精神)이 열리어, 무한 승화(昇華)하여,
진리(眞理), 정의(正義), 섭리(攝理), 정도(正道)인
절대(絕對), 정(正)의 궁극(窮極) 순리(順理),
완전한 궁극(窮極) 진리(眞理)에 이르게 하며,

감성(感性)은,
느끼는, 지각(知覺)의 심리(心理)이니,

고(苦) 없는, 완전한 평안의 마음을 추구함으로,
그 의지(意志)와 의식(意識)의 진화(進化) 속에
순수 정신(精神)이 열리어, 무한 승화(昇華)하여,
평안(平安), 안정(安定), 평화(平和), 행복(幸福)의
절대(絶對), 심(心)의 궁극(窮極) 순수(純粹)의
완전한 진리성(眞理性)에 이르게 하네.

이(是),
이상세계(理想世界)는,
순수이성(純粹理性)과 순수감성(純粹感性)이 열린,
궁극의 완전한 절대적 행복(幸福)과
궁극의 완전한 절대적 평화(平和)의 세계이니,
이는,
절대적 완전한, 무한 순수이성(純粹理性)과
절대적 완전한, 무한 순수감성(純粹感性)이 열린
무한 절대성의 한 성품 세계이며,
무한 절대성의 종극(終極)이 열린, 무궁(無窮)의
진리(眞理), 절대(絶對)의 한 성품 세상이네.

이는,
무한 절대성(絶對性)의 궁극(窮極)이 열린
순수정신이 승화(昇華)한 이상세계(理想世界)이니,

이, 무한 열린 순수정신(純粹精神)의 승화(昇華)는,
정신(精神)이 열린 승화(昇華)의 차원에 따라
일시무시일(一始無始一)이며,
일종무종일(一終無終一)의 성통광명(性通光明)인
궁극(窮極)의 절대성에까지 무한 열려 있음으로,
순수정신(純粹精神)이 무한 열린
정신승화(精神昇華)의 세계는,
곧, 천지인(天地人)이 한 성품으로 어우른
무한상생조화(無限相生造化)의 한 성품 세계이니,
이는, 궁극(窮極)의 절대성(絶對性)이 무한 열린
인중천지일(人中天地一)의 성품 세계이네.

이는,
인중천지일(人中天地一)의 성품,
본심본태양앙명(本心本太陽昻明)이 열린
본심본태양앙명인(本心本太陽昻明人)의 세상으로,
무한(無限) 절대성(絶對性)인
완전한 궁극(窮極)의 성품이 열리어 승화(昇華)한,
무한상생조화(無限相生造化)의 세계이네.

이 성품의 세계는,
순수정신(純粹精神)의 승화(昇華)로,

궁극의 이성(理性)과 궁극의 감성(感性)이 열리어,
순수의 이성(理性)과 감성(感性)이 하나로 어우른
무한융화(無限融化)의 한 성품,
궁극 승화의 이상세계(理想世界)이니,
이는, 무한상생조화(無限相生造化)의 한 성품,
절대(絕對) 순수, 심명승화(心明昇華)의 세계이네.

이(是),
무한 순수(純粹)의 이성(理性)과
무한 순수(純粹)의 감성(感性)의 열리어
한 성품, 무한상생조화(無限相生造化)의 어우름,
궁극(窮極), 무한무궁(無限無窮)의 성품이 열린
순수, 본연(本然)의 아름다운 무한 성품이,
무한 열린 세계이네.

이(是),
궁극(窮極)의 한 성품,
무한무궁(無限無窮)의 한 생명 어우름은,
궁극(窮極)의 순수정신이 피어난
일적십거무궤화삼(一積十鉅無匱化三)이며,
대삼합육생칠팔구운(大三合六生七八九運)으로
삼사성환오칠일묘연(三四成環五七一妙衍)인

곧,

지극한, 순수 무한상생융화(無限相生融化)와

한 어우름의 무한 총화(總和)인

지극한 순수, 진선미(眞善美)의 성품세계이니,

이는,

무한, 절대 안정(安定)과 평안(平安)인,

진선미(眞善美)의 순수 성품의 작용이며

진선미(眞善美)의 순수 총화(總和)의 세계이네.

15장_
천부(天符)의 도(道)
진선미(眞善美)

천부(天符)의 도(道)
진선미(眞善美)

모든, 이념(理念)이 추구(追求)하는,
최상(最上) 가치의 개념(概念)은,
이성적(理性的)이든, 감성적(感性的)이든
유형적(有形的)이든, 무형적(無形的)이든
현상적(現象的)이든, 정신적(精神的)이든
인간적(人間的)이든, 자연적(自然的)이든
심리적(心理的)이든, 물리적(物理的)이든
문학적(文學的)이든, 공학적(工學的)이든
윤리적(倫理的)이든, 감각적(感覺的)이든
우주적(宇宙的)이든, 소립적(小粒的)이든
전체적(全體的)이든, 개체적(個體的)이든
사회적(社會的)이든, 개인적(個人的)이든
학문적(學文的)이든, 실천적(實踐的)이든
사상적(思想的)이든, 문화적(文化的)이든
관념적(觀念的)이든, 행위적(行爲的)이든
추상적(抽象的)이든, 법리적(法理的)이든

예술적(藝術的)이든, 철학적(哲學的)이든
진선미(眞善美)의 세계이네.

왜냐면,
진선미(眞善美), 이념(理念)의 중심 속성에는,
으뜸이므로 절대적이며,
완전(完全)함으로 부족함이 없고,
바람직함으로 자연(自然) 긍정적(肯定的)이며,
이로우므로 어떤 해로움도 없고,
안정적(安定的)이므로 평화(平和)로우며,
아름다우므로 두루 조화(調和)롭고,
무엇에든, 최상(最上)의 가치를 부여하고,
무엇이든, 으뜸을 지향(志向)하게 하며,
무엇보다 의식(意識)과 의지(意志)와 정신(精神)을
이롭게 하고, 향상(向上)하게 함으로,

진선미(眞善美)는,
모두가 동경(憧憬)하고, 추구(追求)하는,
유형무형(有形無形)의 최상(最上) 이념적(理念的)
가치를 가짐이네.

그러므로,
진선미(眞善美)는, 그 어떤 다양한 지향성에도
최상(最上), 으뜸의 가치를 가지며,
그 의지(意志)와 뜻이 무엇이든,
향하고자 하는 궁극(窮極)의 이념(理念)은
무엇이든, 부족함이 없는 속성을 가진
진선미(眞善美)의 세계이네.

그러므로,
진선미(眞善美)의 이념(理念)은,
다양한, 추구(追求)의 삶과 이상(理想)에
보편적(普遍的), 궁극(窮極)의 가치를 가짐이니,
이는, 무엇에도 두루 미치는 최상(最上)의 가치와
성향(性向)을 지니고 있기 때문이네.

진선미(眞善美)는,
비현실적(非現實的)이며, 비현상적(非現象的)인
막연한, 신기루의 환(幻)과 같아, 잡을 수 없는
추상적(抽象的)인 개념이 아니므로,

누구나,
의지(意志)와 노력에 따라, 그에 걸맞은

진선미(眞善美), 가치의 실현(實現)이 가능함으로,
진선미(眞善美)의 세계와 모습과 형태는,
삶이 추구하는, 긍정적 이상(理想)의 가치로,
수용하게 됨이네.

이는,
진선미(眞善美) 이념(理念)의 근거(根據)가,
막연한, 추상(推想)을 뿌리로 하는,
환(幻)과 같은, 관념(觀念)의 추상적 형태와
생각의 세계가 아니라,

진선미(眞善美)의 궁극적 사유(思惟)와
관념(觀念)이 미치는 인지(認知)의 근원(根源)이,
시각(視覺)에 의한 것이든
청각(聽覺)에 의한 것이든
이성(理性)과 감성(感性)에 의한 것이든
정신(精神)과 의식(意識)에 의한 것이든,

그것이, 무엇에 의한 것이든,
그 근원(根源)은,
자연순수(自然純粹) 이성(理性)의 인지(認知)와
자연순수(自然純粹) 감성(感性)의 순응(順應)인,

순수지성(純粹知性)의 인지능력(認知能力)이 열린,
자연(自然) 긍정적, 시각(視覺)의 세계와 현상이
바탕이 된, 관념(觀念)의 세계로,
천지만물(天地萬物) 섭리의 순수 자연의 모습과
자연조화(自然調和)의 순수 현상의 세계가
진선미(眞善美), 인지(認知)의 바탕이며,
근원(根源)이 됨이네.

이는,
인위적(人爲的), 조작(造作)이 없는,
순수 감성(感性)과 순수 지성(知性)과
순수 이성(理性)의 긍정적 감화(感化)에 의한
자연긍정(自然肯定)의 세계이니,
이는 자연심(自然心)인, 순수 정신의 감응이 열린,
무한 안정과 평안인 천지만물(天地萬物)의 모습과
어우름인, 상생섭리(相生攝理)의 세계이네.

이는,
맑고 맑은 물을 보면, 마음이 맑아짐과 같고
피어난 꽃을 보면, 마음이 아름다워지며
아름다운 풍경을 보면, 자연스레 감탄하게 되고
어린 순수의 티없는 모습을 보면, 마음에 티끌이

없어짐과도 같음이네.

이것은,
순수 자연심(自然心)의 본능적 끌림에 의한
자연 긍정(肯定)의 순수 반응현상으로,
이는, 생각하는 의식(意識)보다, 더 깊은,
순수 자연본능의 반응에 의한 감화(感化)인
순수 자연반응(自然反應) 끌림의 현상(現象)이네.

이러한, 원인(原因)은,
모든 존재(存在)의 근본(根本) 본성(本性)이,
완전한 순수(純粹)의 절대성(絕對性)으로
성품의 본질적 성향(性向)이,
모든, 부조화(不調和)를 조화롭게 상생(相生)하는
진선미(眞善美)의 특성을 가진 성품이기
때문이네.

그러므로,
사람 역시, 본래(本來) 본성(本性)의 특성은,
완전한, 궁극(窮極)의 절대성(絕對性)으로
진선미(眞善美)의 성품, 특성을 지니고 있음으로,
이 순수, 본성(本性)의 성향적(性向的) 끌림인

진선미(眞善美), 성품작용의 순수감화(純粹感化)로,
자기의 본성(本性), 순수 안정조화(安定調和)의
성품 성향인, 진선미(眞善美)의 성품에 끌리어,
하나로 어우르는, 융화(融化)와 상생심(相生心)인
순수, 자연심리반응적(自然心理反應的) 현상이
일어나네.

이러한, 만물(萬物)의 본성(本性),
진선미(眞善美) 성품의 특성 작용은,
무한 우주를 생성(生成)하고, 운행하는,
천지인이 하나로 어우른, 무한 대융화(大融化)와
무한(無限), 상생조화(相生造化)의 세계를 이루어,
시방, 무궁조화(無窮調和)의 세계를 두루 갖추어,
모든 만물을 운행하고 있음이네.

이러한, 상생조화(相生造化)의 섭리작용으로,
천지인(天地人)이 하나로 어우른, 시방세계의
무한 상생조화(相生造化)의 섭리세계가,
곧, 일적십거무궤화삼(一積十鉅無匱化三)이며,

천이삼지이삼인이삼(天二三地二三人二三)으로
천지인(天地人), 상생조화(相生造化)의 섭리작용인,

대삼합육생칠팔구운(大三合六生七八九運)의

무한(無限),
무궁(無窮), 불가사의 시방(十方)세계,
삼사성환오칠일묘연(三四成環五七一妙衍)으로
무궁창생조화(無窮創生造化)의 세계를 형성해,
일시무시일(一始無始一)의 성품 작용으로,
일종무종일(一終無終一)의 무궁세계(無窮世界)인
천지만물(天地萬物), 무궁조화(無窮造化)의 세계를
운행하고 있음이네.

만물(萬物)의 섭리(攝理)이며,
천지인(天地人), 운행 순리(順理)의 도(道)인
무궁리천(無窮理天)의 진리(眞理),
무한상생(無限相生) 무궁섭리(無窮攝理)인
천부(天符)의 도(道)는,

그 본성(本性)이,
일시무시일(一始無始一)이며,
일종무종일(一終無終一)인 절대성(絶對性)으로,
어떤 부족한 상태와 모습이든,
조화롭게 상생으로 해결하는 그 섭리의 성품이,

무한상생성(無限相生性)이므로,

이 성품의 성향이,
궁극(窮極)의 무한상생(無限相生)을 도모하는
진선미(眞善美), 무궁조화(無窮造化)의 행이며,
이 섭리(攝理)의 절대성(絕對性) 성품이
곧, 진선미(眞善美)의 특성을 가진
만물, 무한상생(無限相生)의 절대성 성품이니,
이 절대성(絕對性) 성품의 행(行)이,
무한상생(無限相生) 무궁조화(無窮造化)의
어우름, 섭리의 총화(總和) 속에,
무한(無限), 불가사의 무궁세계(無窮世界)의
진선미(眞善美)를 창출(創出)하는 공덕성품인,
절대섭리(絕對攝理)의 행이네.

그러므로,
천지인(天地人), 만물의 본성(本性)이,
곧, 진선미(眞善美)의 공덕성품이니,
이 성품의 일체행(一切行)이
곧, 진선미(眞善美)의 특성 성품 성향인,
무궁조화(無窮造化)의 섭리(攝理)의 행(行)으로,
개체와 개체, 개체와 전체가 하나로 어우르는
불가사의 무한무궁상생(無限無窮相生)이며,

무궁조화(無窮造化)의 절대섭리(絶對攝理)세계인
일적십거무궤화삼(一積十鉅無匱化三)이며,
천이삼지이삼인이삼(天二三地二三人二三)으로
대삼합육생칠팔구운(大三合六生七八九運)의
삼사성환오칠일묘연(三四成環五七一妙衍)인
진선미(眞善美)의 현상세계를 창출하는
무한상생작용(無限相生作用)의 운행이
이루어지고 있음이네.

본래(本來), 성품의 특성에,
진선미(眞善美)의 그 성향적 특성이 없으면,
인위(人爲)를 벗어난 자연섭리(自然攝理)인
무한상생조화(無限相生造化)의 안정작용이,
이루어지지 않음이네.

이(是),
인위적(人爲的) 조작(造作)을 벗어난,
모든 존재(存在)의 현상(現象)과 섭리의 작용에는,
본성(本性)의 특성에 의한 섭리의 작용이며,
현상이니,

그러므로,

드러나는 현상(現象)과 그 작용의 특성을 보면,
보이지 않는, 그 성품의 성질과 성향의 특성을
가름하고, 깨닫게 됨이네.

천지인(天地人),
무한, 상생조화(相生造化)의 성품인,
일시무시일(一始無始一)이며,
일종무종일(一終無終一)의 성품 특성은,
진선미(眞善美) 총화(總和)의 덕성(德性)을 지닌
불가사의 작용의 절대성(絶對性)인
일성묘법(一性妙法)의 성품이니,
이는, 천지인(天地人) 만물(萬物)을 생성하는
무한(無限), 상생조화(相生造化)의 성품이네.

이(是),
일성묘법(一性妙法)의 섭리와 작용이
곧, 천지인, 무한 상생조화(相生造化)의 작용이며,
무한무궁상생(無限無窮相生)의 섭리이네.

천지인(天地人)의 상생조화(相生造化)인
천부(天符)의 도(道),

진선미(眞善美)의 성품 덕성(德性)의 작용은,
진선미(眞善美)의 성품 성향이
일성묘법(一性妙法)의 총화(總和)로
무한상생(無限相生) 만물을 하나로 어우르는,
한 성품, 무한무궁상생조화(無限無窮相生造化)의
불가사의 도(道)이네.

이(是),
천지인(天地人)의 본성(本性)이
진(眞)의 성품임은,
일시무시일(一始無始一)이며
일종무종일(一終無終一)의 성품이
만왕만래용변부동본(萬往萬來用變不動本)으로,
본성(本性), 불변의 절대청정성(絶對淸淨性)인
진성(眞性)의 성품이기 때문이네.

이(是), 진(眞)의 성품은,
불변성(不變性)이며, 근본성(根本性)이며,
청정성(淸淨性)이며, 완전성(完全性)이며,
무한성(無限性)이며, 원융성(圓融性)이며,
무상성(無相性)이며, 본유성(本有性)이며,
영원성(永遠性)의 절대성품이네.

진(眞)의 성품이 불변성(不變性)임은,
변함이 없는 성품이기 때문이며,

진(眞)의 성품이 근본성(根本性)임은,
천지인(天地人)의 근본(根本) 성품이기 때문이며,

진(眞)의 성품이 청정성(淸淨性)임은,
무엇에도 물듦이 없는 성품이기 때문이며,

진(眞)의 성품이 완전성(完全性)임은,
완전한, 절대성(絕對性)이기 때문이며,

진(眞)의 성품이 무한성(無限性)임은,
무한(無限), 시방(十方)의 성품이기 때문이며,

진(眞)의 성품이 원융성(圓融性)임은,
무엇에도, 걸림이나 막힘이 없기 때문이며,

진(眞)의 성품이 무상성(無相性)임은,
형체(形體)가 없는 성품이기 때문이며,

진(眞)의 성품이 본유성(本有性)임은,
무시무종성(無始無終性)이기 때문이며,

진(眞)의 성품이, 영원성(永遠性)임은,
불생불멸성(不生不滅性)이기 때문이네.

이(是),
천지인(天地人)의 본성(本性)이,
선(善)의 성품임은,
무한상생조화(無限相生造化)의 지극한 선(善)인,
천이삼지이삼인이삼(天二三地二三人二三)으로
대삼합육생칠팔구운(大三合六生七八九運)의
지극한, 무한상생(無限相生)의 절대선(絕對善)인,
완전한, 상생조화(相生調和)의 선(善)의 성품으로,
무한궁극(無限窮極), 일도정행선(一道正行善)의
성품이기 때문이네.

이(是), 선(善)의 성품은,
상생성(相生性)이며, 정명성(正命性)이며,
정도성(正道性)이며, 정행성(正行性)이며,
순리성(順理性)이며, 지극성(至極性)이며,
조화성(造化性)이며, 창생성(創生性)이며,
무궁성(無窮性)의 절대성품이네.

선(善)의 성품이 상생성(相生性)임은,

무한조화(無限造化)의 상생(相生) 성품이기
때문이며,

선(善)의 성품이 정명성(正命性)임은,
절대본성(絶對本性)의 섭리를 따르는,
절대지극일명일도(絶對至極一命一道)의 성품이기
때문이며,

선(善)의 성품이 정도성(正道性)임은,
절대성의 섭리, 지극지선(至極至善)을 따르는,
정도(正道)의 성품이기 때문이며,

선(善)의 성품이 정행성(正行性)임은,
절대성(絶對性)의 상생섭리(相生攝理)를 따르는,
정행(正行)의 성품이기 때문이며,

선(善)의 성품이 순리성(順理性)임은,
절대성(絶對性)의 섭리를 따르는,
절대순리(絶對順理)의 성품이기 때문이며,

선(善)의 성품이 지극성(至極性)임은,
본성(本性)의 궁극(窮極)인, 절대성(絶對性)의
지극함을 따르는 성품이기 때문이며,

선(善)의 성품이 조화성(造化性)임은,
만물(萬物)의 무궁상생조화(無窮相生造化)의 성품이기
때문이며,

선(善)의 성품이 창생성(創生性)임은,
만물만생(萬物萬生), 무궁창생(無窮創生)의
성품이기 때문이며,

선(善)의 성품이 무궁성(無窮性)임은,
만물(萬物)의 조화(造化)가 끝없는,
무궁조화(無窮造化)의 성품이기 때문이네.

이(是),
천지인(天地人)의 본성(本性)이,
미(美)의 성품임은,
무한 절대성(絶對性)의 불가사의 조화(造化)가
일적십거무궤화삼(一積十鉅無匱化三)이며,
삼사성환오칠일묘연(三四成環五七一妙衍)이니,

이는,
만물안정(萬物安定)과 생태평안(生態平安)인
무한안정(無限安定) 조화(調和)의 모습으로,

지극히 평화롭고 아름다운 생태환경의
안정섭리(安定攝理)이니,
이는, 지극한 어우름의 무한(無限) 조화(調和)인
미(美)의 성품이기 때문이네.

이(是), 미(美)의 성품은,
통일성(統一性)이며, 합일성(合一性)이며,
안정성(安定性)이며, 균형성(均衡性)이며,
화합성(化合性)이며, 조화성(調和性)이며,
평정성(平定性)이며, 규칙성(規則性)이며,
순리성(順理性)이며, 평안성(平安性)이며,
평화성(平和性)인 절대성품이네.

미(美)의 성품이 통일성(統一性)임은,
일정한 운행과 작용의 형태적, 관계적, 조화(調和)의
통일성(統一性)을 이루기 때문이며,

미(美)의 성품이 합일성(合一性)임은,
하나의 결정(決定)을 위해, 합일성(合一性)을
이루기 때문이며,

미(美)의 성품이 안정성(安定性)임은,
일정한 형태적, 관계적 안정성(安定性)을 이루기

때문이며,

미(美)의 성품이 균형성(均衡性)임은,
일정한 형태적, 관계적 균형성(均衡性)을 이루기
때문이며,

미(美)의 성품이, 화합성(化合性)임은,
더불어 하나로 어우르는, 개체적, 총체적 모습인
화합(化合)의 무한 가치를 형성하기 때문이며,

미(美)의 성품이 조화성(調和性)임은,
일정한 형태적, 관계적 어우르는 상생적(相生的)
조화성(調和性)을 이루기 때문이며,

미(美)의 성품이 평정성(平定性)임은,
존재적(存在的), 안정(安定)과 평정성(平定性)을
이루기 때문이며,

미(美)의 성품이 규칙성(規則性)임은,
일정한 형태적, 관계적 안정(安定)과 조화(調和)의
지극한, 규칙성(規則性)을 이루기 때문이며,

미(美)의 성품이 순리성(順理性)임은,

존재의 지극한 가치인, 안정(安定)을 도모하고,
평정(平定)을 도모하는, 지극한 순리성(順理性)을
이루기 때문이며,

미(美)의 성품이 평안성(平安性)임은,
안정(安定)을 도모하고, 평정(平定)을 유지함으로,
안정적 균형(均衡)과 조화(調和)를 이루는,
평안성(平安性)을 이루기 때문이며,

미(美)의 성품이 평화성(平和性)임은,
두루 안정되게 하고, 생태를 평안하게 하며,
서로 어우름의 하나를 도모하는 화합(和合)으로,
존재의 안정과 상생(相生)인, 관계적 융화(融和)의
평화성(平和性)을 이루기 때문이네.

천지인(天地人),
무한 상생조화(相生造化)의 성품인
진선미(眞善美)의 덕성(德性)은,
천지인(天地人), 무궁창생조화(無窮創生造化)와
섭리(攝理)의 성품이네.

진성(眞性)은,

일시무시일(一始無始一)이며,
일종무종일(一終無終一)의 본성(本性)으로,
시종(始終) 없는, 청정절대성(淸淨絶對性)이네.

선성(善性)은,
본성(本性)인 청정절대성(淸淨絶對性)이
행(行)하는,
청정절대성(淸淨絶對性)의 섭리행(攝理行)으로,
지극지선(至極至善)의 무한상생성(無限相生性)인,
절대일명일도정행(絶對一命一道正行)이네.

미성(美性)은,
일시무시일(一始無始一)이며,
일종무종일(一終無終一)의 성품인 본성(本性),
청정절대성(淸淨絶對性)의 지극한 섭리(攝理)이며,
조화(造化)인,

지극지선(至極至善)의 무한상생성(無限相生性)인,
절대일명일도정행(絶對一命一道正行)에 의한
일적십거무궤화삼(一積十鉅無匱化三)과
삼사성환오칠일묘연(三四成環五七一妙衍)인
만물만상(萬物萬象) 개체(個體)의 모습과 형태,
그리고, 전체(全體)의 모습과 조화로운 형태이며,

또한, 그 운행과 작용의 세계이네.

진성(眞性)은,
불가사의 본성(本性)으로,
무시무종성(無始無終性)인
청정절대본성(淸淨絕對本性)이며,

선성(善性)은,
본성(本性)의 불가사의 행(行)으로,
지극한 절대성, 수순(隨順) 일명정도(一命正道)로,
지극지선(至極至善), 무한상생(無限相生)의
일행(一行)이며,

미성(美性)은,
본성(本性)의 불가사의 행(行)인,
무한상생(無限相生)의 조화(造化)로 드러나는,
현상계(現象界)의 만물만상(萬物萬象)의 모습과
형태와 운행의 일체(一切)이네.

그러므로,
일시무시일(一始無始一)이며

일종무종일(一終無終一)의 성품인,
천지인(天地人), 본성(本性)의 성품이,
곧,
완전한 절대성의 무한상생(無限相生)의 가치인,
진(眞)의 성품이며, 선(善)의 성품이며,
미(美)의 성품이니,

진(眞)은, 절대성(絕對性) 성품이며
선(善)은, 절대성(絕對性) 성품의 행(行)이며
미(美)는, 절대성(絕對性) 성품의 행(行)에 의한
현상계(現象界), 만물(萬物)의 형태와 모습,
그리고, 작용과 운행의 세계이네.

천부(天符)의 도(道)
진선미(眞善美)는

나, 너를 위해 티 없는 마음 가지며
너, 나를 위해 고운 마음 갖는
그 아름다움이 진(眞)이며,

나, 널 위해 평화를 위한 기도와
너, 날 위해 행복을 위한 기도하는
그 아름다움이 선(善)이며,

나의 하루가, 너를 위한 마음이며
너의 하루가, 나를 위한 마음인
그 아름다움이 미(美)이네.

16장_
진선미(眞善美)의
이화(理化)

진선미(眞善美)의 이화(理化)

진선미(眞善美)의,
보편적, 관점(觀點)과 이해(理解)는,
삶의 다양한 시각(視角)과 관점(觀點)에서
선의적(善意的), 그 가치를 생각하며,

어떤, 상황이든,
최선(最善)의 상태를 지향하고,
궁극적 가치의 이상(理想)인, 최상의 안정(安定)과
최상의 조화(調和)와 최상의 평안(平安)을
도모(圖謀)하고, 도출(導出)하며,
화합(和合)과 평화(平和)의 긍정적 이상(理想)을
갖게 함으로,

진선미(眞善美)의 이념(理念)은,
시대와 사회를 아우르는, 다양한 삶 속에,

삶의 참다운 가치와 의미를 부여하며,
누구에게나, 삶의 안정(安定)과 평화(平和)의
이념(理念)으로 인식(認識)되고, 이해(理解)하며,
그 의미(意味)와 뜻을 수용함으로,

진선미(眞善美)는,
인간의 삶과 정신을 이롭게 하는,
두루 광범위한, 보편적 선의(善意)의 가치(價値)와
더없는, 이상적(理想的) 가치를 더불어 가지며,
다양한 삶의 사상(思想)과 이념(理念)으로써,
인간의 삶과 정신에, 중요한 으뜸의 가치(價値)로,
삶 속에 자리하게 되었네.

인간의, 다양한 삶 속에,
궁극(窮極)의 행복을 추구(追求)하는,
이상(理想)에는,
진선미(眞善美)의 이념(理念)은,
삶의 최고최상(最高最上)의 궁극의 가치를 가지는,
이상(理想)의 세계이네.

이 뜻은,
진선미(眞善美)의 궁극적(窮極的) 가치(價値)는,

끝없는 무한성(無限性)이 열린 가치의 세계이므로,
무한승화(無限昇華)의 절대성(絕對性)과
부족함이 없는 완전성(完全性)과
절대적 순수(純粹)에 의한 진실성(眞實性)과
상황에 따른, 긍정적 가치의 무한성(無限性)이 열린,
무한궁극적(無限窮極的) 가치의 세계이므로,

그 무엇이든,
진선미(眞善美)의 이념(理念)을 능가(凌駕)하는,
무한궁극적(無限窮極的) 가치의 세계인,
이상적(理想的) 가치의 이념세계(理念世界)는,
없기 때문이네.

삶과 정신, 승화의 세계,
무한궁극(無限窮極)의 이상(理想)을 향한,
궁극의 가치세계, 진선미(眞善美)는,
무엇이든, 또는, 어떤 상황이든,
궁극의 무한 가치세계를 지향하게 함으로,
삶과 정신(精神)의 최고최상(最高最上)의 행복인,
절대적 개념(概念)과 이념(理念)의 이상(理想)을
갖게 하며,

또한,
그 이상(理想)의 세계를 향해,
무한 열린 깨어 있는 감성(感性)과
무한 열린 깨어 있는 이성(理性)과
무한 열린 깨어 있는 지성(智性)과
무한 열린 깨어 있는 정신(精神)의 승화(昇華)를,
꽃피게 함이네.

진선미(眞善美)의,
진(眞)의 가치(價値)의 세계도,
무한승화(無限昇華)의 절대성(絕對性)과
부족함이 없는 완전성(完全性)과
절대 순수(純粹)의 진실성(眞實性)과
긍정적 가치의 무한성(無限性)이 열린,
무한궁극적(無限窮極的) 가치의 세계이며,

진선미(眞善美)의,
선(善)의 가치(價値)의 세계도,
무한승화(無限昇華)의 절대성(絕對性)과
부족함이 없는 완전성(完全性)과
절대 순수(純粹)의 진실성(眞實性)과
긍정적 가치의 무한성(無限性)이 열린,

무한궁극적(無限窮極的) 가치의 세계이며,

진선미(眞善美)의,
미(美)의 가치(價値)의 세계도,
무한승화(無限昇華)의 절대성(絶對性)과
부족함이 없는 완전성(完全性)과
절대 순수(純粹)의 진실성(眞實性)과
긍정적 가치의 무한성(無限性)이 열린,
무한궁극적(無限窮極的) 가치의 세계이네.

천지인(天地人),
상생조화(相生造化)의 궁극(窮極)의 가치가 열린,
진(眞)의 성품은,
천지인(天地人), 무한상생조화(無限相生造化)의
도(道)의 근본(根本)인, 절대본성(絶對本性)으로,
무엇에도 오염(汚染)되지 않는
절대성(絶對性)이며,
무엇에도 물듦 없는 청정성(淸淨性)이네.

천지인(天地人),
상생조화(相生造化)의 궁극(窮極)의 가치가 열린,
선(善)의 성품은,

천지인(天地人), 무한상생조화(無限相生造化)의
도(道)의 섭리(攝理), 불가사의 행(行)인,
무한(無限) 상생일도정명(相生一道正命)이네.

천지인(天地人),
상생조화(相生造化)의 궁극(窮極)의 가치가 열린,
미(美)의 성품은,
천지인(天地人), 무한상생조화(無限相生造化)의
도(道)의 섭리에 의한, 불가사의 조화(調和)와
운행(運行)의 순리(順理)인 현상(現象)과
개체(個體)의 형태(形態)와 모습,
그리고, 전체의 현상과 서로 어우른
만물조화(萬物調和)의 세계이네.

이(是),
천지인(天地人)이 하나인,
불가사의, 도(道)의 성품 세계,
진선미(眞善美)의 성품은,
그 본성(本性)이 천지인(天地人)의 진성(眞性)이며
그 본행(本行)이 천지인(天地人)의 선성(善性)이며
그 현상(現象)이 천지인(天地人)의 미성(美性)이네.

이것이,
불가사의, 절대(絕對)의 한 성품,
무한승화(無限昇華)의 절대성(絕對性)의 세계인,
부족함이 없는 완전성(完全性)과
절대 순수(純粹)의 진실성(眞實性)과
긍정적 가치의 무한성(無限性)이 열린,
무한궁극(無限窮極)의 불가사의 섭리의 세계가,
진선미(眞善美)의 가치가 열린 세계이네.

이 성품의 세계는,
무한 열린 깨어 있는 감성(感性)과
무한 열린 깨어 있는 이성(理性)과
무한 열린 깨어 있는 지성(智性)과
무한 열린 깨어 있는 정신(精神)의 승화(昇華)로,

천지인(天地人)이, 한 성품, 한 생명인,
인중천지일(人中天地一)의
본심본태양앙명인(本心本太陽昻明人)의 세계로,
무한(無限), 궁극(窮極)의 성품이 열린,
진선미(眞善美), 이화(理化)의 세계이네.

이화(理化)는,

본(本), 성품의 섭리(攝理)가 피어난, 세계이니,

천지인(天地人)의,
진(眞)의 성품 세계를 밝게 깨달아,
절대본성(絶對本性)의 절대청정성(絶對淸淨性)인,
지극한 성품, 절대성(絶對性)에 들고,

천지인(天地人)의,
선(善)의 성품 세계를 밝게 깨달아,
본심광명(本心光明)의 무한상생성(無限相生性)인,
지극한 성품, 상생행(相生行)에 들고,

천지인(天地人)의,
미(美)의 성품 세계를 밝게 깨달아,
무한총화(無限總和)의 만물조화성(萬物調和性)인,
지극한 성품, 일체융화(一切融和)에 듦이네.

진선미(眞善美)는,
모두의 본성(本性)에 갖추어진, 성품의 특성이니,

누구나, 본능적(本能的)으로,
티 없이 맑은, 청정함에 끌리어 좋아함은,

본래 성품의 성향에 끌리는, 본능적(本能的)
순수, 자연반향반응심(自然反響反應心)의 작용
때문이며,

누구나, 본능적(本能的)으로,
순수 긍정(肯定)의 선(善)함에 끌리어, 좋아함은,
본래, 성품의 성향에 끌리는, 본능적(本能的)
순수, 자연반향반응심(自然反響反應心)의 작용
때문이며,

누구나, 본능적(本能的)으로,
아름답고 조화로운 미(美)에 끌리어, 좋아함은,
본래, 성품의 성향에 끌리는, 본능적(本能的)
순수, 자연반향반응심(自然反響反應心)의 작용
때문이네.

그러므로, 누구나 본능적(本能的)으로,
진선미(眞善美)의 모습과 형태와 현상에 끌림은,
자기 본래 본성의 성품, 성향의 본능적 작용인,
순수, 자연반향반응심(自然反響反應心)의 작용
때문이네.

이(是),
자연 긍정적, 순수 심리현상(心理現象)은,
자기(自己), 본래(本來) 본성(本性)의,
무한(無限), 덕성본능(德性本能)이 발현하는,
순수, 자연반응심(自然反應心)의 이끌림인,
생태본능적(生態本能的) 작용이네.

본연(本然), 성품 성향에 의한,
이러한, 무의도적(無意圖的) 본능작용인,
무의식적(無意識的), 자연반응(自然反應)의 현상은,

본래, 생태불안(生態不安)이 없는,
완전한, 본래(本來) 본성(本性)인,
절대성(絕對性)의 안정생태로 돌아가려는,
성품생태본능(性品生態本能)에 의한,
무의식적(無意識的), 자연반응(自然反應)의
생태작용(生態作用)인,
생태본능적자연반응(生態本能的自然反應)
순수 심리(心理)의 자연현상이네.

이는,
성품본능(性品本能)의 작용으로,
본래, 무한안정(無限安定)의 절대성(絕對性)인,

본래의 성품, 절대성(絶對性)의 특성인,
절대성(絶對性)의 절대안정으로 돌아가려는,
존재, 생태심리(生態心理)의 작용이니,
이는, 자연회귀본능(自然回歸本能)의
자연반응심(自然反應心)에 의한,
순수자연반응현상(純粹自然反應現象)이네.

이러한 원인의 까닭은,
본래(本來), 완전한 절대안정성(絶對安定性)인,
본성을 향한, 회귀본능(回歸本能)의 작용으로,
절대성(絶對性), 생태안정 본성(本性)을 향한,
생태본능적 반향반응심(反響反應心)의 끌림인,
생태성품의 본능적(本能的) 작용이네.

이는,
본래, 생태불안(生態不安)이 없는,
완전한, 절대본성을 벗어난 현상계의 존재인,
그 무엇이든, 또한, 누구이든,
항상, 스스로, 홀로, 자존(自存)할 수 없는,
존재(存在)의 생태불안(生態不安) 속에 있음으로,
자연적, 생태안정 본능의 작용으로,
본성회귀본능(本性回歸本能)의 작용을 유발하니,

이것이, 생태안정 본능의 자연적 끌림인,
순수, 자연반향반응심(自然反響反應心)의
작용이네.

이는,
스스로, 독자(獨自), 자존(自存)할 수 없는,
모든 존재, 생태안정(生態安定)의 본능(本能)인,
절대안정(絕對安定)의 본성으로 돌아가고자 하는,
절대본성(絕對本性)을 향한 회귀본능(回歸本能)인,
순수, 자연반응심(自然反應心)의 작용이네.

이(是),
천지인(天地人)의 성품,
완전한, 절대성(絕對性)의 본성(本性)은,
성품의 절대성(絕對性)의 특성인
무시무종성(無始無終性)으로,
절대적, 무한무궁안정성(無限無窮安定性)인,
완전한, 절대성(絕對性),
무한안정(無限安定)의 공덕성(功德性)을,
스스로 지니고 있음으로,

이(是), 절대성(絕對性)은,

궁극의 완전한, 절대성(絕對性)의 성품,
무한(無限) 공덕성(功德性)의 섭리작용인,
무한(無限) 절대적, 무한상생(無限相生) 섭리의,
불가사의 특성을 유발하니,

이(是), 절대성(絕對性), 섭리의 특성이,
지극한, 무한상생(無限相生) 섭리의 작용으로,
일체(一切), 존재(存在)의 만물(萬物)을,
일시무시일(一始無始一)이며
일종무종일(一終無終一)의 한 성품,
무한 절대성의 무한공덕(無限功德)으로 아우르는,
무한무궁상생조화(無限無窮相生造化)의 작용인,
한 성품, 완전한 안정(安定)의 절대성(絕對性),
절대중(絕對中)의 섭리이네.

이(是),
무한상생조화(無限相生造化)의 무궁행(無窮行)은,
한 성품, 불가사의 무한공덕(無限功德),
무한상생(無限相生) 조화(造化)의 어우름으로,
생태(生態)의 무한, 절대 안정섭리(安定攝理)를
드러내네.

이(是),

무한 절대성(絕對性)의 섭리,

무한상생조화(無限相生造化)의 섭리를 따라,

깊은 의식(意識)이 깨어나,

순수 사유(思惟)의 지각(知覺)이 열리고,

순수 의식(意識)의 정신(精神)이 열리며,

본연순수정신작용(本然純粹精神作用)인,

순수 이성(理性)과 순수 감성(感性)과

순수 지성(智性)이 승화(昇華)한, 최상 가치인,

궁극(窮極) 이념(理念)의 이상(理想)세계를,

궁극의 심안(心眼)이 열리므로, 깨닫게 됨이네.

이(是),

이상(理想)의 세계는,

천지인(天地人), 만물(萬物)을 생성하고,

무한 시방세계, 천지만물(天地萬物)을 운행하는,

불가사의, 무한공덕체(無限功德體)의 성품,

절대성(絕對性)에 의한,

무한상생조화(無限相生造化)의 섭리 현상인,

진선미(眞善美)의 세계이네.

이(是),

궁극(窮極), 절대성(絕對性)의,
무한공덕(無限功德)의 불가사의 성품 작용인,
진선미(眞善美)의 섭리세계는,
무한 순수, 절대성(無限絕對性)에 의한,
오직, 한 성품,
무한상생(無限相生)의 어우름으로,
무한청정성(無限淸淨性)인 진(眞)의 성품과
무한상생성(無限相生性)인 선(善)의 작용과
무한조화성(無限調和性)인 미(美)의 현상섭리의
세계를 두루 드러냄이네.

이(是),
무한공덕(無限功德), 절대성(絕對性)의 작용인,
만물만상(萬物萬象)이, 무한상생(無限相生)의
하나로 어우른, 무한공덕(無限功德)의 세계이며,
불가사의, 무궁조화(無窮造化)의 섭리작용인,
진선미(眞善美)의 세계이네.

그러므로,
천지인(天地人), 무한상생조화(無限相生造化)는,
일시무시일(一始無始一)이며
일종무종일(一終無終一)인 절대성 성품에 의한,
절대불이일성상생행(絕對不二一性相生行)으로,

절대궁극일성무궁조화(絕對窮極一性無窮造化)의
무한상생(無限相生)의 섭리(攝理)인,
무궁조화(無窮造化)의 세계이네.

이(是),
일시무시일(一始無始一)이며,
일종무종일(一終無終一)인,
절대(絕對), 본성(本性)의 불가사의 작용,
절대성, 절대 중(中)의 일도정명(一道正命)에 의한,
무한무궁(無限無窮) 무한상생(無限相生)의,
무한, 절대성(絕對性)의 섭리는,
절대안정(絕對安定) 섭리의 조화(造化)와
절대균형(絕對均衡) 섭리의 조화(造化)와
절대평정(絕對平定) 섭리의 조화(造化)와
절대조화(絕對調和) 섭리의 조화(造化)로
무한무궁(無限無窮) 무한상생(無限相生)의 어우름,
절대중(絕對中)의 지극한 총화(總和)의 섭리는,
무한상생(無限相生) 융화(融化)와 합일(合一)의
무한, 통일성(統一性)의 섭리(攝理),
무한, 총화(總和)의 공덕세계를 이루네.

이는,

불가사의, 절대성(絶對性)의 성품,

절대중(絶對中)의 일도정명(一道正命)에 의한,

절대중(絶對中)의 불가사의, 무한 총화(總和)의

섭리(攝理)로,

내(內)와 외(外)의 한 어우름의 융화(融化)와

합일(合一)의 무한 통일성(統一性)을 이루어,

내(內)와 외(外)가, 절대중(絶對中)의 속성(屬性),

일도정명(一道正命)에 의한, 완전한 불이(不二)의

한 성품 세계를 이루고,

전(前)과 후(後)의 한 어우름의 융화(融化)와

합일(合一)의 무한 통일성(統一性)을 이루어,

전(前)과 후(後)가, 절대중(絶對中)의 속성(屬性),

일도정명(一道正命)에 의한, 완전한 불이(不二)의

한 성품 세계를 이루고,

좌(左)와 우(右)의 한 어우름의 융화(融化)와

합일(合一)의 무한 통일성(統一性)을 이루어,

좌(左)와 우(右)가, 절대중(絶對中)의 속성(屬性),

일도정명(一道正命)에 의한, 완전한 불이(不二)의

한 성품 세계를 이루고,

상(上)과 하(下)의 한 어우름의 융화(融化)와
합일(合一)의 무한 통일성(統一性)을 이루어,
상(上)과 하(下)가, 절대중(絕對中)의 속성(屬性),
일도정명(一道正命)에 의한 완전한 불이(不二)의
한 성품 세계를 이루어,

내외(內外),
전후(前後),
좌우(左右),
상하(上下)의, 한 어우름의 융화(融化)와
합일(合一)의 무한 공덕, 총화(總和)의 모습인,
일체조화(一切調和)의 진선미(眞善美)의 모습,
불가사의 통일성(統一性)을 이루어,
절대성, 불가사의 절대중(絕對中)의 속성(屬性),
일도정명(一道正命)에 의한 완전한 불이(不二)의
한 성품 세계를 이룸이네.

이(是),
일체(一切)가,
절대중(絕對中)의 융화(融化)와 합일(合一)의
무한(無限), 통일성(統一性)의 어우름인
불가사의 공덕(功德), 총화(總和)의 세계이니,

모든 존재는,

무한상생(無限相生)의 한 성품 속에 연계(連繫)된,

생태(生態)관계적, 한 총화(總和)의 어우름으로,

생태(生態)의 절대안정(絕對安定)과

생태(生態)의 절대균형(絕對均衡)과

생태(生態)의 절대평정(絕對平定)과

생태(生態)의 절대조화(絕對調和)의 한 어우름,

총화(總和)의 절대중(絕對中)의 섭리

일도정명(一道正命)에 의한 융화(融化)와

합일(合一)의 무한상생(無限相生),

무한(無限) 통일성(統一性)을 이룬, 불가사의

공덕성(功德性)의 총화(總和)로,

무한(無限), 불이총화(不二總和)의 어우름

진선미(眞善美), 총화(總和)의 모습이네.

이는,

일시무시일(一始無始一)이며,

일종무종일(一終無終一)인 절대성(絕對性),

절대중(絕對中)의 일도정명(一道正命)

무한상생(無限相生)의 무궁섭리(無窮攝理)를 따라,

일체(一切) 총화(總和)를 이룬

생태(生態)의 절대안정(絕對安定)과

생태(生態)의 절대균형(絶對均衡)과
생태(生態)의 절대평정(絶對平定)과
생태(生態)의 절대조화(絶對調和)의 한 어우름,
무한, 융화(融化)와 합일(合一)의 조화(造化)인
절대중(絶對中)의 섭리(攝理),
일도정명(一道正命)의 무한 총화(總和)의 어우름,
완전한 절대중(絶對中)
일도정행(一道正行)의 통일성(統一性)을 이룬
진선미(眞善美), 총화(總和)의 모습이네.

이는,
절대중(絶對中)의 섭리, 무한상생(無限相生) 속에
생태(生態)의 절대 안정조화(安定造化)를 이루는,
융화(融化)와 합일(合一)의
무한절대(無限絶對)의 통일성(統一性)으로,
안정조화(安定調和)의 한 어우름,
일시무시일(一始無始一)이며
일종무종일(一終無終一)의 한 성품,
한 생명성(生命性)의 무한상생(無限相生)
절대(絶對) 중(中)의 섭리에 의한,
불이(不二)의 융화(融化)로 총화(總和)를 이룬,
불가사의 한 성품, 한 어우름
무궁(無窮)의 섭리이네.

이는,
진선미(眞善美)의 특성,
한 성품 조화(造化)의 무한상생(無限相生),
무한, 총화(總和)의 어우름인,
불가사의 성품,
무한(無限) 승화(昇華), 절정(絶頂)의 조화(造化)로,
순수(純粹) 지극(至極)한 성품의 어우름인
무한 상생(相生) 조화(調和)의 아름다움이며,
불가사의 성품의 무한(無限) 궁극(窮極)의 세계,
불이(不二) 융화(融和)의 총화(總和)를 이룬
순수(純粹)의 통일성(統一性)이네.

이는, 곧,
일시무시일(一始無始一)이며,
일종무종일(一終無終一)인 절대본성(絶對本性),
절대안정(絶對安定) 섭리의 특성인,
절대본성(絶對本性) 안정섭리(安定攝理)를 따라,
절대중(絶對中)인 일도정명(一道正命)의 섭리로,
절대안정(絶對安定)과 절대균형(絶對均衡)과
절대평정(絶對平定)과 절대조화(絶對調和)의
무한(無限) 총화(總和)의 한 어우름 융화(融化)와
합일(合一)의 통일성(統一性)을 이룬,
진선미(眞善美) 성품섭리의 상생융화(相生融化)인

불가사의 섭리의 모습이네.

이는,
절대본성(絶對本性)의 섭리에 의한,
한 성품 어우름, 궁극(窮極)의 조화(造化)
절대성(絶對性)의 작용인,
무한상생조화(無限相生造化)의 현상으로,
절대안정(絶對安定)에 의한 절대균형(絶對均衡)과
절대안정(絶對安定)에 의한 절대평정(絶對平定)과
절대안정(絶對安定)에 의한 절대상생(絶對相生)과
절대안정(絶對安定)에 의한 절대융화(絶對融化)와
절대안정(絶對安定)에 의한 절대화합(絶對和合)과
절대안정(絶對安定)에 의한 절대통일(絶對統一)과
절대안정(絶對安定)에 의한 절대순리(絶對順理)와
절대안정(絶對安定)에 의한 절대조화(絶對調和)의
생태안정, 궁극조화(窮極造化)의 불가사의로,
본성(本性)의 절대성, 절대중(絶對中)의 섭리인,
일도정명(一道正命)에 의한 무한상생(無限相生),
진선미(眞善美) 성품섭리의 작용이며,
일성묘법(一性妙法)의 조화(造化)인
무한, 상생섭리(相生攝理)의 현상이네.

이는,

일시무시일(一始無始一)이며,

일종무종일(一終無終一)의 성품, 절대성의 작용인,

절대궁극일성무궁조화(絶對窮極一性無窮造化)의

일성묘법(一性妙法)의 불가사의로,

절대성 섭리의 한 어우름, 생태안정(生態安定)인,

절대상생궁극안정작용(絶對相生窮極安定作用)이

현상계의, 무한안정섭리(無限安定攝理)를 갖추어,

한 어우름, 융화(融化)와 합일(合一)의

무한총화(無限總和)의 형태를 이룸이네.

이는,

절대중(絶對中)의 섭리,

일도정명(一道正命)에 의한,

절대안정조화(絶對安定造化)의 작용과

무한상생조화(無限相生造化)의 현상으로,

상생안정(相生安定)의 어우름인 균형(均衡)과

상생안정(相生安定)의 어우름인 평정(平定)과

상생안정(相生安定)의 어우름인 조화(調和)와

상생안정(相生安定)의 어우름인 합일(合一)과

상생안정(相生安定)의 어우름인 평등(平等)과

상생안정(相生安定)의 어우름인 평안(平安)과

상생안정(相生安定)의 어우름인 평화(平和)와
상생안정(相生安定)의 어우름인 진선미(眞善美)의
절대, 안정섭리(安定攝理)의 조화(造化)이네.

이는,
절대성, 안정섭리(安定攝理)의 한 어우름 현상인,
일성묘법(一性妙法)의 불가사의(不可思議),
일도정명(一道正命)의 불가사의사(不可思議事)
무한무궁(無限無窮), 무한상생(無限相生) 섭리의
불가사의 작용이네.

이는,
절대성(絶對性)의 특성, 본성의 성향(性向)인,
절대안정조화(絶對安定造化)를 향한
일도정명(一道正命),
절대중(絶對中)의 섭리작용으로,
무한상생(無限相生), 한 어우름의 융화(融化)와
합일(合一)의 무한총화(無限總和) 속에,
생태안정(生態安定)의 절대조화(絶對調和),
무한(無限), 통일성(統一性)을 이룬,
진선미(眞善美)의 불가사의 섭리(攝理)
무한, 총화(總和)의 모습이네.

이(是),
절대성(絕對性), 안정조화(安定造化)의 작용인,
절대 본성(本性)의 일도일명(一道一命)
지극한 절대중(絕對中)의 작용은,
무한상생(無限相生)의 한 어우름으로,
생태총화(生態總和)를 이룸이니,

이(是),
무한(無限), 불가사의, 생태총화(生態總和)는,
생태(生態)의 절대안정(絕對安定)과
생태(生態)의 절대균형(絕對均衡)과
생태(生態)의 절대평정(絕對平定)과
생태(生態)의 절대조화(絕對調和)의 절정(絕頂),
무한상생승화(無限相生昇華)의 궁극의 가치,
무한공덕성(無限功德性)의 작용이
진선미(眞善美)의 현상적, 특성 섭리의 모습으로,
드러남이네.

이는,
절대성(絕對性)의 섭리, 한 성품 작용인,
무한상생(無限相生) 속에,
개체와 개체가, 개체와 전체가,
전체와 전체가 하나로 어우르는,

무한상생조화(無限相生造化)의 궁극 승화(昇華)로,
절대성의 무한 안정(安定)과 평안(平安)의 특성인,
본연(本然) 성품, 섭리의 특성으로,
절대(絶對) 안정(安定)과
절대(絶對) 균형(均衡)과
절대(絶對) 평정(平定)과
절대(絶對) 조화(調和)의 총화(總和)를 이루어,
진선미(眞善美)의 섭리와 작용의 현상계를
창출(創出)하고, 운행함이네.

그러므로,
천지인(天地人)의 운행과 작용인
무한상생조화(無限相生造化)의 운행에는,
절대성(絶對性) 한 성품, 한 생명성의 어우름으로
무한상생(無限相生) 궁극승화(窮極昇華)의
불가사의 무한 가치(價値)를 창출(創出)하는
일시무시일(一始無始一)이며,
일종무종일(一終無終一)의 성품 작용인
무한 절대중(絶對中)의 섭리이며,
무한 절대성(絶對性)의 섭리작용인
일도정명(一道正命)을 따라,
진선미(眞善美)의 불가사의 무한 총화(總和)의

세계를 드러냄이네.

이는, 본래(本來),
둘 없는 절대성(絶對性)인
일시무시일(一始無始一)이며,
일종무종일(一終無終一)의 절대성(絶對性),
불가사의, 무한공덕(無限功德)의 성품인
절대불이성(絶對不二性), 일도정명(一道正命)의
섭리(攝理)인,
절대중(絶對中)의 일도일명(一道一命)에 의한,
무한상생(無限相生), 총화(總和)의 어우름인
안정섭리(安定攝理)의 특성이네.

이(是), 절대성(絶對性),
불이(不二)의 성품, 특성의 작용으로,
전체가, 무한 궁극(窮極)의 절정(絶頂),
불가사의, 하나로 아우르는,
무한상생(無限相生)의 무궁조화(無窮造化)는,
궁극(窮極), 총화(總和)의 어우름으로,
무한무궁(無限無窮) 조화(造化)의 세계는,
불가사의 진선미(眞善美)의
무한(無限), 총화(總和)의 불가사의 현상계를
창출하니,

이는,
본연(本然)의 성품이 가진,
불가사의, 무한 공덕성(功德性)이니,
이는, 본(本) 성품, 무한 공덕성(功德性)의 특성이,
절대중(絕對中)의 불가사의 섭리의 세계,
일도정명(一道正命)에 의한, 무한상생(無限相生)의
섭리를 따라, 드러남이네.

이러한,
본연(本然), 불이일성(不二一性)의 성품은,
일시무시일(一始無始一)이며,
일종무종일(一終無終一)의 절대성(絕對性)으로,
그 성품이, 생명(生命)의 본연성(本然性)인
청정불이진성(淸淨不二眞性)이니,

이(是), 일체행(一切行)이,
절대본성(絕對本性)의 절대섭리(絕對攝理)인,
일도정명(一道正命)에 의한
절대불이(絕對不二)의 무한 총화(總和)의 어우름,
일성상생행(一性相生行)이네.

이(是), 행(行)이,

절대일명일도정행선(絕對一命一道正行善)이니,
이는, 일체(一切)를 불이(不二)로 이롭게 하고,
일체(一切)를 불이(不二)로 상생(相生)함으로,
이 청정본성행(淸淨本性行)인 절대총화(絕對總和),
일도정명무한상생행(一道正命無限相生行)을 일러,
선(善)이라 하네.

이에 의해, 불이(不二)의 하나인,
무한, 총화(總和)로 어우르는,
무한, 상생조화(相生造化)의 세계는,
일체(一切)가, 하나로 어우르는 융화(融化)와
불이(不二)의 합일(合一)로,
무한(無限) 총화(總和)의 한 성품,
불가사의 조화(調和)의 통일성(統一性)을 이루니,
무한(無限), 궁극조화(窮極調和)의 이 형태는,
두루, 일체(一切)를,
무한, 안정적(安定的) 상생(相生)과
무한, 안정적(安定的) 균형(均衡)과
무한, 안정적(安定的) 평정(平定)과
무한, 안정적(安定的) 평화(平和)와
무한, 안정적(安定的) 융화(融和)와
무한, 안정적(安定的) 순리(順理)와
무한, 안정적(安定的) 섭리(攝理)와

무한, 안정적(安定的) 조화(調和)의 현상세계를
드러내니,

이(是),
아름다운, 생태총화(生態總和)를 이룬,
무한, 조화(調和)의 모습과 현상의 섭리를 일러,
미(美)라고 하네.

그러므로,
한 성품 섭리의, 불이(不二)의 성품 특성은,
개체와 개체, 개체와 전체, 전체와 전체가
하나로 어우르는, 무한상생(無限相生)
무궁조화(無窮造化)의 통일성(通一性)을 이루는,
불가사의 어우름의 작용으로,
이, 무한상생조화(無限相生造化)의 섭리세계는,
일체가, 절대중(絶對中)의 안정적 순리(順理) 속에
모두, 한 어우름, 조화(調和)의 현상과
그 섭리적 한 어우름, 운행(運行)의 조화로운
세계를 드러내니,
이는, 곧,
진선미(眞善美)의 모습과 운행과 작용의 세계를
창출하게 됨이네.

이는,
무한공덕(無限功德) 불가사의 본성(本性)의 성품,
절대성(絶對性)의 순수섭리로 이루어지는
조화(調和)의 형태와 모습과 운행의 세계이니,
이는, 불가사의 무한공덕(無限功德)의 절대성,
한 어우름 절대중(絶對中)의 섭리인
무한(無限) 융화(融化)와 합일(合一)의 절정(絶頂),
무한 상생조화(相生調和)의 통일성(統一性)으로,
불이(不二)의 한 성품 섭리(攝理)의
무한총화(無限總和)를 이룸이니,
이는, 진선미(眞善美)의 현상계를 창출하는,
무한, 절대성(絶對性)의 성품 특성으로,
일성조화(一性造化)의 불가사의 섭리의 세계이네.

이 조화(造化)는,
무한(無限) 절대성(絶對性)의 섭리작용인
무한상생(無限相生) 융화(融化)의 어우름으로,
절대중(絶對中)의 무한 안정의 섭리이니,
개체와 개체, 개체와 전체가,
일성일도(一性一道)의 일명(一命)을 따라,
상생(相生)의 한 어우름,
무한 총화(總和)의 통일성(統一性)을 이룸이네.

이는,

순수, 무한공덕성(無限功德性)인,

절대성(絕對性), 절대중(絕對中)의 작용에 의한

어우름,

불이(不二), 화합(和合)의 총화(總和)로 형성되고,

운행하며, 이루어지는,

절대성(絕對性)의 무한상생조화(無限相生造化)인

궁극섭리의 현상(現象)과 모습으로,

불이(不二)의 일성(一性), 절대성(絕對性)에 의한

불이융화(不二融化)와 합일(合一)의

불가사의 궁극총화(窮極總和)의 한 어우름,

진선미(眞善美)의 성품과 모습인,

무한상생섭리(無限相生攝理)의 세계이네.

이(是),

절대성(絕對性), 섭리의 작용에는,

개체와 전체의 형성(形成)과 모습과 작용의

근원이, 각각 따로 있음이 아니라,

그 근원이, 일시무시일(一始無始一)이며,

일종무종일(一終無終一)의 한 성품,

무한, 절대성(絕對性)이니,

이, 일체(一切)의 섭리가,

무한, 절대성(絕對性), 절대중(絕對中)의 섭리인,

불가사의, 일도정명(一道正命)에 의한,

무궁조화(無窮造化)의 섭리이네.

이(是),

성품의 섭리는,

한 성품이, 일체성(一切性)이며,

일체성(一切性)이, 한 성품이니,

개체와 개체, 개체와 전체가 하나로 어우르는,

무한상생융화(無限相生融化)의 작용으로,

절대성(絕對性), 일성묘법조화(一性妙法造化)의

불가사의 섭리의 작용이네.

이(是),

절대성(絕對性)의 성품은,

불이성(不二性)으로,

일시무시일(一始無始一)이며,

일종무종일(一終無終一)의 일도정명(一道正命)인,

무한무궁(無限無窮)의 청정성품으로,

하나로 어우른 한 성품 진(眞)이며

하나로 어우른 한 성품 선(善)이며

하나로 어우른 한 성품 미(美)이네.

이는,
일시무시일(一始無始一)의 성품이며,
일종무종일(一終無終一)의 성품으로,
불가사의 무한공덕성(無限功德性)인,
불이(不二)의 절대성(絶對性),
궁극(窮極) 섭리(攝理)의 현상이,
한 어우름, 생태총화(生態總和)를 이루는,
한 어우름 상생융화(相生融化)와
한 어우름 상생합일(相生合一)의 불가사의
궁극절정(窮極絶頂)의 총화(總和),
무한, 불가사의 통일성(統一性)을 이룸이,
진선미(眞善美)의 모습과 현상으로 드러남이네.

이(是),
본연(本然)의 성품,
절대성(絶對性) 상생섭리(相生攝理)에 의한,
진선미(眞善美) 총화(總和)의 세계는,
인간, 본연(本然)의 순수 성품, 자연반응으로,
인간, 본연(本然)의 순수의식(純粹意識)을
일깨우고, 각성(覺醒)하게 하며,

순수 성품에 끌리는,
본연(本然), 절대성의 성품 성향의 작용인,
자연, 반향방응심(反響反應心)에 의해,
삶과 존재의 궁극(窮極)의 이상(理想)을 추구하며,
생명의 근원과 존재의 삶과 만물의 섭리와
천지운행의 근본 섭리의 진리를 자각하게 되고,

이에 의해,
존재의 이상적(理想的) 삶인,
절대적(絕對的) 이상세계(理想世界)의
궁극(窮極)을 향한 순수의식(純粹意識)이 열리어,
이상(理想)을 향한 순수정신(純粹精神)이 깨어나,
승화(昇華)하니,

이, 순수의식(純粹意識)은,
존재와 삶의 근원적 순수 섭리를 따라,
존재의 근원적 섭리의 의미(意味)와
인간의 바람직한 삶의 이상(理想)을 향한 추구와
더불어, 한 생태환경인 천지만물의 섭리에 대해
궁극(窮極)을 향한 사유(思惟)의 확장이 열리어,
천지인(天地人)이 한 성품, 한 생명임을 자각하고,
천지인(天地人)이 한 성품, 생명섭리의 도(道)인,
무한무궁상생조화(無限無窮相生造化)의

순수, 섭리(攝理)의 세계가,

일체 존재와 일체 생명, 생성(生成)의 근원이며,

삶의 근본, 섭리의 세계임을 밝게 깨닫고,

이, 무한무궁섭리(無限無窮攝理)의 세계가,

삶과 존재의 무한 행복세계 추구(推究)인

궁극(窮極)의 이상세계(理想世界)임을 자각하고,

인간의 바람직한 행복의 삶과

무한 행복사회의 이상세계(理想世界)에 대한,

무한 열린 시각(視角)과 안목(眼目)의 세계를

두루, 밝게 열게 됨이네.

이(是),

궁극(窮極)의 이상세계(理想世界)를 향해,

의식(意識)과 정신(精神)이 승화(昇華)하니,

성품의 순수감성(純粹感性)이 열리어,

성품의 순수의식(純粹意識)이 발현(發顯)하고,

성품의 순수이상(純粹理想)이 발현(發顯)하여,

성품의 순수정신(純粹精神)이 깨어나며,

순수 이성(理性)과 순수 지성(智性)이 열리므로,

천지인(天地人)이 한 성품, 한 생명인,

무한(無限), 절대성(絕對性)의 성품,

일시무시일(一始無始一)이며,

일종무종일(一終無終一)의 성품인,
본성(本性), 본연(本然)의 성품과 섭리의 세계를
두루 밝게, 깨닫게 됨이네.

이는, 모든 생명(生命)과
모든 존재의 본성(本性)인 절대성에 의한,
불가사의, 시방조화(十方造化)의 섭리와
이 현상의 세계,
무한무궁상생조화(無限無窮相生造化)의 진리인,
불가사의 무한공덕성품(無限功德性品)에 의한
무한, 총화(總和)의 어우름인,
일성총화(一性總和) 진선미(眞善美)의 성품과
일성총화(一性總和) 진선미(眞善美)의 섭리와
일성총화(一性總和) 진선미(眞善美)의 현상인,
무한상생조화(無限相生造化)의 세계를,
두루 밝게 깨우치고, 깊이 자각(自覺)하며,
순수 정신이 깊이 열리어, 각성(覺醒)하게 됨이네.

이 세계는,
천지인(天地人)이 한 성품, 한 생명이며,
순수 정신이 열리어, 승화한 성품의 세계이니,
이는, 인간의 삶과 정신의 지고(至高)한 행복세계,
무한 궁극(窮極), 이념(理念)의 세계이며,

무한 궁극(窮極), 이상(理想)의 세계이네.

그러므로,

이(是),

천부경(天符經)의

일시무시일(一始無始一)이며,

일종무종일(一終無終一)의 성품 세계인,

천지인, 무한상생조화(無限相生造化)의 세계는,

불가사의 무한공덕성품(無限功德性品)의 작용으로,

무한상생(無限相生), 한 어우름 조화(造化)의

불가사의 세계이니,

이는, 불가사의, 불가사의 무한상생(無限相生),

무궁조화(無窮造化)의 섭리세계이니,

이는, 곧,

무한순수(無限純粹), 무변제(無邊際)의

불이일성무궁상생일도(不二一性無窮相生一道)의

세계이네.

이는,

인식(認識)과 사유(思惟)를 초월(超越)한,

본심본태양앙명인(本心本太陽昻明人)의

불가사의, 인중천지일(人中天地一)의 세계로,

이 성품이,

일시무시일(一始無始一)이며,

일종무종일(一終無終一)인 절대성(絕對性),

불가사의, 불가사의 성품인,

무한 생명성(生命性)의 성품이며,

무한 생명성(生命性)의 작용인,

무한상생(無限相生), 무궁조화(無窮造化)의

불가사의 세계이네.

이는,

불가사의, 무한공덕성(無限功德性),

불이절대성(不二絕對性)의 작용인,

무한상생(無限相生), 일체융화(一切融化)와

무한상생(無限相生), 일체합일(一切合一)의 어우름,

불가사의 무한 총화(總和)를 이룬

무한(無限), 한 어우름 절정(絕頂)의 세계,

무한(無限), 통일성(統一性)인,

진선미(眞善美)의 성품세계이네.

이는,

천지인(天地人), 무궁상생조화(無窮相生造化)의

천부경(天符經)의 심안(心眼)이 열린,

이천지혜(理天智慧)의 도(道)의 세계이니,
곧, 이천(理天)의 섭리를 따라
천지인(天地人)이 한 성품, 하나로 어우르는,
불가사의, 무한상생(無限相生)의 섭리로,
만물만생(萬物萬生)이
무한상생(無限相生) 융화(融化)와 합일(合一)의,
무한 총화(總和)의 시방세계(十方世界),
일적십거무궤화삼(一積十鉅無匱化三)의
삼사성환오칠일묘연(三四成環五七一妙衍)인,
무한 통일성(統一性)을 이룬,
절대중(絕對中)의 불가사의 섭리인,
일도정명(一道正命)에 의한,
불가사의사(不可思議事) 무궁조화(無窮造化)의
세계이네.

이(是),
무한상생(無限相生)의 섭리,
불가사의 일도정명(一道正命)의 섭리는,
삶의 무한행복(無限幸福),
무한 궁극(窮極)의 이상세계(理想世界)로,
만물과 이 우주 시방세계를 운행하는,
무한무궁상생조화(無限無窮相生造化)의 섭리이니,

이(是),
불가사의 일도정명(一道正命)의 섭리를 따라,
천지인(天地人)이 한 성품, 한 생명으로 어우르고,
하늘과 땅과 사람과 만물, 만 생명이,
무한상생(無限相生)의 한 어우름 융화(融化)와
합일(合一)의 무한총화(無限總和) 속에,
무한무궁(無限無窮)의 불가사의 절정심(絶頂心)인,
천지인(天地人)이 한 성품이며, 한 생명인,
인중천지일(人中天地一)의 세계이네.

이는,
본심본태양앙명인(本心本太陽昂明人)인,
일체불이(一切不二)의 불가사의 성품으로,
일시무시일(一始無始一)이며
일종무종일(一終無終一)의 성품,
성통광명(性通光明)의 절정심(絶頂心)이니,

이는,
무한 생명의 무한 평화(平和)와
무한 행복 섭리의 성품,
진선미(眞善美)의 성품이 활짝 피어난
이상세계(理想世界),

시방(十方) 가득, 허공, 땅, 물, 태양, 별, 뭇 생명,
뭇 존재들,
진선미(眞善美)의 꽃이 활짝 피어난,
무한 행복, 무궁조화(無窮調和)의 절정(絶頂),
일성총화(一性總和)의 세계이네.

이는,
일체(一切), 불이성(不二性),
무한상생(無限相生) 융화(融化)와
무한상생(無限相生) 합일(合一)의 절정심(絶頂心),
본심본태양앙명(本心本太陽昻明)의
인중천지일(人中天地一)의 세계이니,

이는,
일체(一切), 불이성(不二性)이며,
무한, 무변제(無邊際)의 절대성(絶對性)으로,
너나 없는, 불이융화(不二融化)의
불가사의, 한 어우름의 총화(總和)를 이룬,
무한 절대성(絶對性)의 세계이며,
무한 절대 행복의 성품이, 무한 시방세계에
활짝 열린,
인중천지일(人中天地一)의

진선미(眞善美), 이화(理化)의 세계이네.

17장_
생명(生命)의 도(道)

생명(生命)의 도(道)

생명(生命)의 성품은,
일시무시일(一始無始一)이며,
일종무종일(一終無終一)의 성품인,
무한(無限), 절대성(絕對性)이며,

생명(生命)의 도(道)는,
무한(無限), 절대성(絕對性)의 작용으로,
한 생명성(生命性), 어우름의 조화(造化)인,
무한상생무궁조화(無限相生無窮造化)이네.

생명(生命)은,
천지인(天地人)의 근본 성품으로,
시종(始終) 없는, 무시무종성(無始無終性)이어도,
생태(生態), 현상계의 인연을 따라,
현상계(現象界)의 다양한 생명체(生命體)의 몸을

받아나며,

생명성(生命性)을 받아난, 존재의 생명체는,
현상계(現象界)의 생태작용(生態作用)인
한 어우름의 인연(因緣) 속에,
받아난, 생명체이므로,
스스로, 홀로, 자존(自存)할 수 있는
생태적, 독자(獨自) 자존력(自存力)이 없어,
생명체(生命體)로서의 삶과
그 존재(存在)의 바탕은,
무한상생작용(無限相生作用)의 한 어우름
총화(總和)인, 현상세계(現象世界) 섭리(攝理)의
생태환경(生態環境) 속에 존재하게 되므로,
그 삶이, 생태섭리(生態攝理)에 의존(依存)한
생태적(生態的) 삶을, 살아가게 됨이네.

그러므로,
현상계(現象界)의 생태(生態),
인연관계(因緣關係) 속에 태어난 생명체는,
그 현상계(現象界)에 인연(因緣)한,
생태환경(生態環境)의 섭리(攝理)인,
생태순리(生態順理)의 선행섭리(善行攝理)를 따라,

존재(存在)의 삶이 이루어짐이네.

생태환경의 순리(順理)인, 선행섭리(善行攝理)는,
천지(天地), 시방세계(十方世界)를 운행하는,
천지인(天地人), 만물(萬物) 상생조화(相生造化)의
섭리(攝理)이니,

만약,
본래(本來), 본연(本然)의,
무한 순수의식(純粹意識)이 깨어나고,
무한 순수정신(純粹精神)이 열리며,
무한 본연본성(本然本性)의 지혜가 밝아져,
이 운행섭리(運行攝理)를 두루 밝게 깨달으면,

천지인(天地人), 일체 만물의 작용과 운행이,
일시무시일(一始無始一)이며,
일종무종일(一終無終一)의 성품,
무한 절대성(絕對性)인, 생명 본성(本性)에 의한
생명성(生命性)의 섭리(攝理)로,
무한상생(無限相生)의 도(道)임을, 깨닫게 됨이네.

이, 도(道)는,

천지(天地), 시방세계(十方世界)를 운행하는,
일적십거무궤화삼(一積十鉅無匱化三)이며,
대삼합육생칠팔구운(大三合六生七八九運)으로,
삼사성환오칠일묘연(三四成環五七一妙衍)인
천지인(天地人), 상생조화(相生造化)의 섭리이네.

이 도(道)를 깨달으면,
이 도(道)는 다름아닌,
자기(自己), 생명본성(生命本性)의 섭리이니,
이 도(道)의 무한(無限) 섭리(攝理)로,
만물(萬物)이 생성소멸(生成消滅)하고,
시방천지(十方天地) 만물을 운행(運行)하며,
자기(自己)의 몸을 받아나, 삶을 사는,
천지만물(天地萬物)의 섭리(攝理)와 운행(運行)의
도(道)임을, 깨닫게 됨이네.

이러한, 생명(生命) 성품의,
깊은,
순수의식(純粹意識)이 깨어나고,
순수정신(純粹精神)이 열리어, 밝아지는 것은,
존재의 근원에 대한, 사유(思惟)가 깊어져,
생명(生命) 본성(本性)의 성품인,

실상지혜(實相智慧)의 성품 세계가 열리기,
때문이네.

이와 같은,
본연본성(本然本性)의 지혜가 밝아지는 것은,
일시무시일(一始無始一)이며,
일종무종일(一終無終一)의 성품이 여실(如實)한,
인중천지일(人中天地一)의,
본심본태양앙명(本心本太陽昻明)의 실상(實相)을,
밝게 깨닫기 때문이네.

생명(生命)의 도(道)는,
일시무시일(一始無始一)의 성품에 의한,
일종무종일(一終無終一)의 도(道)이며,

인중천지일(人中天地一)의,
본심본태양앙명(本心本太陽昻明)의 도(道)이며,

대삼합육생칠팔구운(大三合六生七八九運)으로,
삼사성환오칠일묘연(三四成環五七一妙衍)인
일적십거무궤화삼(一積十鉅無匱化三)의
무한상생(無限相生)의 도(道)이네.

이(是),

무한무궁(無限無窮),

섭리(攝理)의 도(道)를 두루 밝게 깨달아,

이, 궁극(窮極)의 성품과 섭리를 밝힌 것이

곧, 천부경(天符經)이네.

이(是),

천부경(天符經)의 성품은,

일시무시일(一始無始一)이며,

일종무종일(一終無終一)의 성품으로,

무한무궁상생조화(無限無窮相生造化)의

성품이며,

천지인(天地人)이, 한 성품인,

인중천지일(人中天地一)의 성품으로,

본심본태양앙명(本心本太陽昻明)의 성품이며,

천지인(天地人), 무궁창생조화(無窮創生造化)의,

생명섭리(生命攝理)의 성품이네.

이(是),

생명(生命) 성품의 도(道)가,

천지인(天地人) 만물이, 무한상생(無限相生)

하나로 어우르는, 생명성(生命性)의 섭리이며,
무한무궁상생조화(無限無窮相生造化)의,
생명상생(生命相生)의 섭리(攝理)이네.

이(是),
불가사의 성품,
생명섭리(生命攝理)의 도(道)의 운행 속에,
천지인(天地人), 모든 생명과 만물이 생성하고,
존재하며, 그 삶을 살아가는,
무한무궁창생(無限無窮創生)의 도(道)이네.

이(是),
생명(生命)의 성품,
무한, 절대성(絕對性)의 불가사의 조화(造化)로,
천지인 만물(萬物)과 만 생명을 창출하고,
시방 우주, 허공세계 모든 만물을 운행하며,

이(是),
섭리 속에 생성된, 모든 만물과 만 생명이,
이 섭리의 생태환경 속에 삶을 의지해 살아가는,
무한상생(無限相生), 한 생명 성품의 섭리가,
시방세계 만물을 생성운행하며, 작용하는,

생명섭리(生命攝理)의 도(道)이네.

이(是),
생명(生命), 성품은,
무한, 절대성(絶對性)인, 생명성(生命性)으로,
일시무시일(一始無始一)이며,
일종무종일(一終無終一)의 성품이며,

이(是), 도(道)는,
천지인(天地人), 만물(萬物) 무한상생(無限相生),
무궁조화(無窮造化)인
일시무종일(一始無終一)의 일도(一道)이네.

생명(生命)의 성품은,
천지인(天地人)의 근본(根本) 본성(本性)이며,
생명(生命)의 도(道)는,
천지인(天地人)과 일체만물(一切萬物)이 작용하는
무궁조화(無窮造化)의 섭리(攝理)로,
일체 존재가, 한 성품 어우름 무한 총화(總和)인
무한 상생(相生)의 무궁일도(無窮一道)이네.

그러므로,

존재(存在), 일체(一切)가 생명 성품의 세계이며,
존재(存在), 일체(一切)가 생명 성품의 작용이며,
존재(存在), 일체(一切)가 생명 성품의 섭리이며,
존재(存在), 일체(一切)가 생명 성품의 현상이네.

생명(生命) 본성(本性)은, 진리(眞理)의 본성이며,
생명(生命)의 도(道)는, 진리(眞理)의 도(道)이며,
일체(一切) 존재(存在)는,
생명(生命) 섭리(攝理)를 따라 운행(運行)하고
작용하며,
생명(生命) 섭리(攝理)의 진리(眞理)에 의지해
삶이 이루어지네.

18장_
삶의 행복

삶의 행복

삶은,
곧, 어우름이며,

행복이란,
곧, 어우름의 기쁨이네.

그러므로,
삶의 목적은, 어우름의 상생조화(相生調和) 속에
있으며,

삶의 행복은,
서로 어우름 속에 피어나는, 기쁨이네.

그러므로,
삶이란, 혼자일 수가 없고,

행복이란, 어우름의 상생조화(相生調和)를
벗어나, 있지 않네.

삶은,
자기(自己), 혼자일 수가 없음은,
서로 어우름의 상생작용이, 삶이며,
어우름의 관계 속에, 서로 위하는 삶의 작용이,
삶의 모습이며, 존재의 섭리이네.

존재의 섭리와
존재의 근원을 향한 사유(思惟)가 깊어져,
순수(純粹), 무한정신이 열리어,
이성적(理性的) 완전한 깨달음이 궁극의 지혜이며
감성적(感性的) 완전한 깨달음이 융화의 지혜이며
지성적(智性的) 완전한 깨달음이 본성의 지혜이며
섭리적(攝理的) 완전한 깨달음이 상생의 지혜이며
이상적(理想的) 완전한 깨달음이 행복의 지혜이네.

이(是),
무한, 정신이 열린 세계는,
본래, 본연(本然)의 궁극정신이 열린 세계이니,
이, 일체(一切), 궁극 승화(昇華)의 일점(一點)이,

무한, 절대성(絕對性)이며, 불이성(不二性)인,
일시무시일(一始無始一)이며,
일종무종일(一終無終一)인, 본래(本來) 성품의
세계이네.

이는,
천지인(天地人), 무한상생섭리(無限相生攝理)의
성품 세계로,
근본 성품, 궁극이 열린, 승화의 세계이니,
이 성품의 세계는, 무한 절대성이, 하나로 어우른,
무한상생조화(無限相生調和)의 무한 절정(絕頂),
한 성품 어우른, 궁극(窮極)이 열린,
불이(不二)의 승화(昇華)로,
절대성(絕對性), 진선미(眞善美) 조화(造化)의
궁극(窮極)의 세계이네.

삶은,
순수, 한 성품, 어우름의 조화(造化)이니,
이는, 어우름, 궁극(窮極)의 승화(昇華)를 향한,
절대성, 어우름의 진선미(眞善美)를 창출하는,
무한상생조화(無限相生造化)의, 무한 절대성의
한 성품, 불이(不二)의 섭리이네.

행복은,
서로, 어우름의 상생(相生) 속에, 피어나는,
무한 안정과 무한 평온의 기쁨이니,
이는, 어우름의 절대성(絶對性) 속에 피어나는,
무한, 상생조화(相生造化)의 절대융화(絶對融化),
하나로 어우른 승화(昇華)인, 진선미(眞善美)의
기쁨이네.

한 성품, 절대성의 어우름, 정신(精神),
진선미(眞善美)의 한 어우름, 조화(造化)의 작용인,
상생의식(相生意識)의 상승(上昇)에 따라,
어우름의 삶이, 승화(昇華)하며,
행복의 이상세계(理想世界)가, 점차 갖추어짐이네.

삶은, 어우름이니,
어우름은, 곧, 존재(存在)의 섭리이며,
존재의 섭리는, 무한 상생조화(相生造化)이므로,
존재와 삶에는, 반드시, 혼자일 수가 없으니,
어우름은, 곧, 존재, 생명의 길이며,
삶의 섭리이네.

이는,

모든 존재가 살아가는, 존재의 섭리이며,
삶의 모습이네.

삶의 이상(理想)을 추구하며,
궁극(窮極)의 이상(理想)을 향해,
무한 사유(思惟)가 깊어져,
순수 의식(意識)이 열리어, 승화(昇華)하는,
순수 정신(精神)이 열리는, 궁극(窮極)의 길에는,
존재의 본성과 존재의 섭리와 삶의 근원에 대한,
궁극의 깨달음이 열리므로,

이, 무한 정신(精神)의 길에는,
무한 심성적(心性的) 청정(清淨)의 지혜가 열리고
무한 자연적(自然的) 섭리(攝理)의 지혜가 열리며
무한 시간적(時間的) 무궁(無窮)의 지혜가 열리고
무한 공간적(空間的) 무한(無限)의 지혜가 열리며
무한 차별적(差別的) 차원(次元)의 지혜가 열리고
무한 평등적(平等的) 성품(性品)의 지혜가 열리며
무한 관계적(關係的) 평화(平和)의 지혜가 열리고
무한 감각적(感覺的) 각성(覺性)의 지혜가 열리며
무한 의식적(意識的) 순수(純粹)의 지혜가 열리고
무한 정신적(精神的) 초월(超越)의 지혜가 열리며

무한 이성적(理性的) 궁극(窮極)의 지혜가 열리고
무한 감성적(感性的) 융화(融和)의 지혜가 열리며
무한 지성적(智性的) 본성(本性)의 지혜가 열리고
무한 섭리적(攝理的) 상생(相生)의 지혜가 열리며
무한 이상적(理想的) 행복(幸福)의 지혜가 열리고
무한 심안적(心眼的) 진리(眞理)의 지혜가 열리며,

또한,
무한, 절대성(絕對性)인,
일시무시일(一始無始一)이며,
일종무종일(一終無終一)의 생명성(生命性)인,
무한, 궁극(窮極)의 지혜가 열리네.

이(是),
행복의 근원(根源)이며,
삶의 지고(至高)한, 생명 성품인,
진(眞)의 성품은, 무한 한 생명이며,
선(善)의 성품은, 무한 한 생명작용이며,
미(美)의 성품은, 무한 한 생명 어우름의 모습
이네.

이는,

무한, 절대성(絕對性)이며, 본성(本性)인,
일시무시일(一始無始一)이며,
일종무종일(一終無終一)의 한 성품, 세계이니,

이(是),
생명(生命)의 섭리,
이, 일체(一切)는, 절대성(絕對性)인,
한, 생명성(生命性)의 작용이며, 섭리이네.

이(是),
일시무시일(一始無始一)이며,
일종무종일(一終無終一)인, 본성(本性)이,
곧, 무한(無限), 생명성(生命性)의 성품이니,

이는,
일시무시일(一始無始一)이며,
일종무종일(一終無終一)인, 생명성(生命性),
한 어우름 생명작용의
무한상생섭리(無限相生攝理)에 의지해,
모든 생명과 만물, 존재의 삶이 이루어짐이네.

이, 모두가,

한, 생명성(生命性)의 작용에 의한, 존재이므로,
삶의 일체존재(一切存在), 섭리(攝理)의 도(道)가,
곧, 한 생명성(生命性)의 작용에 의한,
존재섭리(存在攝理)의 길이네.

이(是),
한 생명(生命), 어우름의 생태환경인,
무한, 상생조화(相生造化)의 어우름을 벗어나면,
그 어떤 존재이든, 그 어떤 생명체이든,
그 존재의 섭리와 생명의 생태환경을 잃으므로,
그 존재는, 자기, 존재의 섭리를 벗어나므로
곧, 사라져 소멸(消滅)하네.

모든 존재는,
본성(本性), 절대성의 한 생명작용인,
존재의 생태환경, 상생조화 속에 태어나,
상생의 생태환경 속에, 존재의 삶이 이루어지므로,
상생조화(相生造化)의 생태환경 섭리를 벗어나면,
그 무엇이든, 그 어떤 존재이든,
그 존재의 삶을, 유지할 수가 없네.

모든 존재는,
한 생명성(生命性)의 섭리작용인,
한 어우름, 상생(相生)섭리에 의존해, 존재하며,
이, 상생섭리(相生攝理)의 생태환경을 벗어나면,
그 어떤 존재이든, 그 어떤 생명체이든,
그 존재 섭리의 생태환경을 잃으므로,
그 존재의 삶을, 살아갈 수가 없네.

이는,
무한, 절대성(絕對性)의 불가사의 섭리이니,
모든 존재는,
무한, 상생(相生)의 한 어우름 속의 존재로
삶을 살아가는, 생태섭리 속에 있음으로,
한 어우름, 무한 상생(相生) 융화(融化)의 작용은,
모든 존재의 생성과 삶의 생태원리이며,
모든 존재가 살아가는, 생태섭리이니,
이는, 모든 존재의 삶과 생명(生命)의 섭리이네.

이(是),
생명(生命)의 섭리(攝理)이며,
삶과 존재(存在)의 섭리(攝理)는,
무궁리천(無窮理天), 무궁조화(無窮造化)의

시방우주(十方宇宙)와 만물운행(萬物運行)의
절대적(絕對的), 중심섭리(中心攝理)이네.

이(是),
무한상생(無限相生),
한 어우름의 섭리(攝理) 속에,
삶의 모든 이상(理想),
무한 궁극(窮極)의 행복세계인
무한상생(無限相生), 융화(融化)의 어우름 절정이,
무한 축복이며, 행복인, 완전한 이상(理想)세계,
무한 행복의 진리(眞理)와 섭리(攝理)가,
모두, 다, 갖추어져 있음이네.

이(是),
한 성품, 한 생명 작용인,
본성(本性)의 섭리, 무한(無限) 불가사의는,
절대성(絕對性), 무한 상생(相生)의 섭리이니,
이는, 모두의 삶의 이상(理想)이며,
무한, 궁극(窮極)의 행복세계이니,
이는, 곧, 무한 행복의 진리이며,
무한, 행복의 섭리이네.

만약,

순수정신이 열리어,

의식(意識)이 승화(昇華)하여,

궁극을 향해, 심안(心眼)이 열리면,

무궁리천(無窮理天), 생명의 비밀장(秘密藏)이

열리어,

이(是),

불가사의 진리(眞理)를,

무한(無限), 무궁리천(無窮理天)의

절대성(絶對性)이 열린, 성통광명(性通光明)으로,

무한무궁천(無限無窮天)의 불가사의

비밀장(秘密藏)을 열어,

지혜광명(智慧光明)의 성통심안(性通心眼)으로,

무한무궁천(無限無窮天)의 비밀장(秘密藏) 속에서,

육근(六根)의 눈이 아닌,

성통광명(性通光明)의 지혜심안(智慧心眼)으로,

이천섭리(理天攝理)의 무한무궁(無限無窮)세계를

명확히, 두루 밝게 보리니,

이(是),

불가사의, 생명(生命), 비밀장(秘密藏)이 열리는,

심무한초월광명(心無限超越光明),

성통지혜심안(性通智慧心眼)이 밝게, 열릴 때에,
무한(無限), 무변리천(無邊理天)이 열리고,
무한(無限), 심무변광(心無邊光)이 열리어,
불가사의,
무한 이성적(理性的) 궁극(窮極)의 지혜도 열리고
무한 감성적(感性的) 융화(融和)의 지혜도 열리며
무한 지성적(智性的) 본성(本性)의 지혜도 열리고
무한 섭리적(攝理的) 상생(相生)의 지혜도 열리며
무한 이상적(理想的) 행복(幸福)의 지혜도 열리니,

이(是), 심천(心天),
불가사의,
생명(生命)의 비밀장(秘密藏),
심무변광명(心無邊光明)이 열릴 때에,
무한(無限), 무궁리천(無窮理天)의 진리(眞理),
천부(天符)의 지혜도,
심무변광명(心無邊光明) 속에, 무한, 활짝
열리네.

이(是),
중심(中心)에는,
일시무시일(一始無始一)이며,

일종무종일(一終無終一)인, 불가사의 성품,
시종(始終)이 불이(不二)이며,
삼극(三極)이 불이(不二)이며,
일시(一始)와 일종(一終)이 끊어진,
무한무궁무변천(無限無窮無邊天)도, 초월(超越)한,
불가사의, 심무변광명(心無邊光明)이니,

이(是),
불가사의(不可思議),
심무변광명(心無邊光明),
무한무궁무변리천(無限無窮無邊理天)의
비밀장(秘密藏),
중(中)의 심(心)에,
일기일성(一機一性)이 동(動)하여,
진(眞)의 이(理), 천(天)을 창출(創出)하고,

이(是),
불가사의(不可思議),
심무변광명(心無邊光明),
무한무궁무변리천(無限無窮無邊理天)의
비밀장(秘密藏),
중(中)의 심(心)에,
일기이성(一機二性)이 동(動)하여,

선(善)의 이(理), 지(地)를 창출(創出)하고,

이(是),
불가사의(不可思議),
심무변광명(心無邊光明),
무한무궁무변리천(無限無窮無邊理天)의
비밀장(秘密藏),
중(中)의 심(心)에,
일기삼성(一機三性)이 동(動)하여,
미(美)의 이(理), 인(人)을 창출(創出)하니,

이것이,
석삼극무진본(析三極無盡本)의
천일일지일이인일삼(天一一地一二人一三)이네.

진(眞)의 이(理), 천(天)과
선(善)의 이(理), 지(地)와
미(美)의 이(理), 인(人)이,
서로, 이(理)의 성(性)으로, 동(動)하여,

천(天)의 이(理), 진성(眞性)이,
지(地)의 이(理), 선성(善性)과 융화(融化)하고,

인(人)의 이(理), 미성(美性)과 융화(融化)하여,

천(天)의 이(理), 속에,
진(眞)의 이(理),
선(善)의 이(理),
미(美)의 이(理)의 불이융화(不二融化)의
합일(合一), 부사의 일성리천(一性理天)을 이루니,

이것이,
천이삼지이삼인이삼(天二三地二三人二三)
중(中),
천이삼(天二三)의 부사의 섭리천(攝理天)이니,

이는,
무한무궁상생융화(無限無窮相生融化)의
불가사의, 일성섭리천(一性攝理天)이네.

또한,
선(善)의 이(理), 지(地)와
진(眞)의 이(理), 천(天)과
미(美)의 이(理), 인(人)이,
서로, 이(理)의 성(性)으로, 동(動)하여,

지(地)의 이(理), 선성(善性)이,
천(天)의 이(理), 진성(眞性)과 융화(融化)하고,
인(人)의 이(理), 미성(美性)과 융화(融化)하여,

지(地)의 이(理), 속에,
진(眞)의 이(理),
선(善)의 이(理),
미(美)의 이(理)의, 불이융화(不二融化)의
합일(合一), 부사의 일성리지(一性理地)을 이루니,

이것이,
천이삼지이삼인이삼(天二三地二三人二三)
중(中),
지이삼(地二三)의 부사의 섭리지(攝理地)이니,

이는,
무한무궁상생융화(無限無窮相生融化)의
불가사의, 일성섭리지(一性攝理地)이네.

또한,
미(美)의 이(理), 인(人)이,
진(眞)의 이(理), 천(天)과

선(善)의 이(理), 지(地)와
서로, 이(理)의 성(性)으로, 동(動)하여,

인(人)의 이(理), 미성(美性)이,
천(天)의 이(理), 진성(眞性)과 융화(融化)하고,
지(地)의 이(理), 선성(善性)과 융화(融化)하여,

인(人)의 이(理), 속에,
진(眞)의 이(理),
선(善)의 이(理),
미(美)의 이(理)의 불이융화(不二融化)의
합일(合一), 부사의 일성리인(一性理人)을 이루니,

이것이,
천이삼지이삼인이삼(天二三地二三人二三)
중(中),
인이삼(人二三)의 부사의 섭리인(攝理人)이니,

이는,
무한무궁상생융화(無限無窮相生融化)의
불가사의, 일성섭리인(一性攝理人)이네.

이(是),
진(眞)의 이(理),
선(善)의 이(理),
미(美)의 이(理)의 불이융화(不二融化)의
천이삼(天二三)의, 일성섭리천(一性攝理天)과
지이삼(地二三)의, 일성섭리지(一性攝理地)와
인이삼(人二三)의, 일성섭리인(一性攝理人)이,
서로, 불이융화상생(不二融化相生)하여,

천이삼(天二三)의 일성섭리천(一性攝理天)이,
무한상생무궁조화(無限相生無窮造化)의
부사의 일성조화천(一性造化天)이 되며,

또한,
지이삼(地二三)의 일성섭리지(一性攝理地)가,
무한상생무궁조화(無限相生無窮造化)의
부사의 일성조화지(一性造化地)가 되며,

또한,
인이삼(人二三)의 일성섭리인(一性攝理人)이,
무한상생무궁조화(無限相生無窮造化)의
부사의 일성조화인(一性造化人)이 되어,

천이삼(天二三)의 일성조화천(一性造化天)과
지이삼(地二三)의 일성조화지(一性造化地)와
인이삼(人二三)의 일성조화인(一性造化人)이,

무한무궁상생조화(無限無窮相生造化)의 세계,
대삼합육생칠팔구운(大三合六生七八九運)으로
일적십거무궤화삼(一積十鉅無匱化三)의
삼사성환오칠일묘연(三四成環五七一妙衍)이며,
불가사의, 석삼극무진본(析三極無盡本)인
일성삼리무궁조화(一性三理無窮造化)의 세계,
무한무궁삼극섭리(無限無窮三極攝理)의
무한, 총화(總和)의 섭리(攝理),
천지인(天地人), 한 어우름 총화(總和)의
무한, 통일성(統一性)의 불가사의 세계를
이룸이네.

그러나,
근본(根本), 본성(本性)은,
시방(十方), 무궁조화(無窮造化)의 변화에도,
동(動)함이 없는,
만왕만래용변부동본(萬往萬來用變不動本)인,
무한절대(無限絶對)의 부동성(不動性)이므로,

이(是),

성통광명(性通光明)이 열리어,

본심본태양앙명(本心本太陽昻明)의 밝음 속에,

인중천지일(人中天地一)인

무한(無限), 절대성(絕對性)에 들어,

본심본태양앙명인(本心本太陽昻明人)의

극중심광무변(極中心光無邊)인,

심무한무변심광(心無限無邊心光)으로,

일시무시일(一始無始一)의 시원(始原)의 일(一)과

일종무종일(一終無終一)의 종극(終極)의 일(一)을,

두루 밝게 꿰뚫어,

일시무시일(一始無始一)도 끊어지고,

일종무종일(一終無終一)도 끊어진,

심무한무궁무변심천(心無限無窮無邊心天)을 또한,

초월(超越)하여,

심무한무궁무변초월광(心無限無窮無邊超越光)이

밝게 열리어 두루 밝으니,

이(是),

일시무시일(一始無始一)의

석삼극무진본(析三極無盡本)의 불가사의,

천일일지일이인일삼(天一一地一二人一三)의

일성광명(一性光明), 무한섭리(無限攝理)의

이천세계(理天世界)를, 걸림 없이 두루 밝게
봄이네.

이(是),
불가사의(不可思議), 초월(超越),
심무변광명(心無邊光明),
무한무궁무변리천(無限無窮無邊理天)의
부사의(不思議) 비밀장(秘密藏),
중(中)의 심(心)에,
이(理)의 성(性)이, 동(動)하여,
이(理)의 삼성삼리(三性三理)가 생(生)하니,

이천(理天),
부사의성(不思議性) 비밀장(秘密藏),
일기일성(一機一性)이 동(動)하여,
진(眞)의 이(理), 부사의 일성천(一性天)이 열리고,

이천(理天),
부사의성(不思議性) 비밀장(秘密藏),
일기이성(一機二性)이 동(動)하여,
선(善)의 이(理), 부사의 일성지(一性地)가 열리며,

이천(理天),
부사의성(不思議性) 비밀장(秘密藏),
일기삼성(一機三性)이 동(動)하여,
미(美)의 이(理), 부사의 일성인(一性人)이 열리어,

서로,
이(理)의 성(性)이 동(動)하여,
천(天)의 이(理) 일성진성(一性眞性)과
지(地)의 이(理) 일성선성(一性善性)과
인(人)의 이(理) 일성미성(一性美性)이
융화(融化)하여,

이(是), 불가사의,
일성삼극조화(一性三極造化)인
불이융화(不二融化)의 합일(合一),
이(理)의 삼성삼리(三性三理)가 동(動)하여,
불가사의, 원융조화(圓融造化)인,
무한무궁상생융화(無限無窮相生融化)의 작용,

이(是),
불가사의 무궁조화(無窮造化)의,
부사의(不思議) 일성묘법(一性妙法)인,
일성삼극(一性三極), 삼성삼리(三性三理)의 작용,

불이융화(不二融化)의 원융조화(圓融造化),
불가사의, 진선미(眞善美)의 무궁섭리(無窮攝理)가,
무궁천(無窮天), 불가사의 일성섭리(一性攝理)의
무궁리천진리(無窮理天眞理)가 되어,
대삼합육생칠팔구운(大三合六生七八九運)과
삼사성환오칠일묘연(三四成環五七一妙衍)의
무한무궁리(無限無窮理)의 시방세계(十方世界),
무궁리천계(無窮理天界)가 열리어,
무한무궁상생섭리(無限無窮相生攝理) 속에,
만물만생(萬物萬生)을 창출(創出)하고,
시방세계(十方世界), 우주만물(宇宙萬物)을
운행(運行)함이네.

이(是),
불가사의, 무한절대성(無限絕對性)의,
일성묘법(一性妙法), 삼성삼리(三性三理)의 섭리는,
불가사의 무한무궁상생(無限無窮相生)의
불이조화(不二造化)인,
순수, 숭고(崇高)한 한 성품 어우름,
무한 승화(昇華)의 융화(融化)의 세계인,
궁극불이(窮極不二)의 무한 절정(絕頂),
총화(總和)의 대합일(大合一)인,

불가사의(不可思議), 불가사의성(不可思議性),
무한총화(無限總和)의 일성조화(一性造化)인,
삼성삼리(三性三理)의 무궁조화(無窮造化)는,
불가사의 불이융화(不二融化)의 절정(絶頂),
부사의 섭리(攝理)의 세계로,
이는, 천지인(天地人)이 하나인 성품,
무한 순수(純粹), 숭고한, 궁극(窮極)의 성품,
인중천지일(人中天地一)의 심광명(心光明)이
무한, 열린 세계이니,
이는, 일성삼리(一性三理)인,
진선미(眞善美), 이화(理化)의 꽃이 활짝 피어난,
무한, 축복(祝福)의 이상세계(理想世界)이네.

인중천지일(人中天地一)이며,
본심본태양앙명(本心本太陽昻明)의 성품이
활짝 열린,
이(是),
이천조화(理天造化)의 이화세계(理化世界)인,
진선미(眞善美), 이화(理化)의 한 어우름 세상,
진정한, 삶의 행복은,
한 성품, 한 생명의 어우름, 무한 총화(總和)로,
근본이 하나이며, 시(始)가 없는 성품

일시무시일(一始無始一)이며,
일체가 하나인, 끝없는 무궁(無窮)한 성품
일종무종일(一終無終一)의 무한 절대성의 작용인,
절대불이(絕對不二)의 무한 융화(融化)이며,
무한무궁상생(無限無窮相生)의 어우름인,
무한, 한 생명성(生命性)의 작용,
진선미(眞善美), 일성삼리(一性三理)의 총화(總和),
불가사의 일성융화(一性融化)의 작용이네.

이(是),
이상(理想)세계는,
지고(至高)한, 순수 의식(意識)의 이성(理性)이
무한 열리어,
한 성품, 한 생명 어우름의
무한(無限), 순수 정신(精神)이 활짝 열리어서,
궁극(窮極), 순수의 지성(智性)이 깨어나고,
존재와 생명 근원의 궁극(窮極)의 깨달음이 열린,
한 성품, 한 생명임을 깨달은,
정신(精神), 승화(昇華)의 세계로,
무한 상생(相生) 어우름의 한 성품,
본연(本然), 순수의 절대성(絕對性)이 피어난,
불가사의, 불이총화(不二總和)의 무한 축복이며,
무한 행복인, 궁극정신(窮極精神)이 열린,

무한상생(無限相生)의 한 어우름 세계이니,
이는,
순수, 본연(本然)의 성품이 열리어,
진선미(眞善美) 이화세계(理化世界)가 활짝 열린,
무한 상생(相生) 축복(祝福)의 세상인,
일성묘법(一性妙法) 삼리(三理)가 활짝 핀,
진선미(眞善美), 무한 축복의 세상이네.

이는,
일시무시일(一始無始一)이며,
일종무종일(一終無終一)인 절대성, 본성(本性)의,
무한, 상생(相生)의 불가사의 도(道)이니,
일적십거무궤화삼(一積十鉅無匱化三)으로
삼사성환오칠일묘연(三四成環五七一妙衍)인,
무한상생(無限相生) 무궁조화(無窮造化)가 피어난,
한 성품 섭리(攝理)의 진리(眞理)의 세계인,
한 어우름, 진선미(眞善美)의 성품과 섭리의
무한, 총화(總和)를 이룬,
축복의 세상이네.

이는,
지고(至高)한, 궁극의 이상(理想)이 열린,

무한(無限), 무궁(無窮)의 한 성품, 어우름인
무한(無限), 무궁(無窮)의 행복세상이며,

또한, 무한(無限),
근본, 한 성품, 절대성(絕對性)인
무한, 한 생명 정신이 활짝 열린 승화(昇華)로,
이는,
일성(一性), 천부인(天符印)의 세계이며,
일리(一理), 천부도(天符道)의 세상이며,
일심(一心), 천부인(天符人)의 삶의 세상이네.

이는,
한 성품, 한 생명인,
인중천지일(人中天地一)의 궁극 성품이 활짝 열린,
본심본태양앙명(本心本太陽昻明)의
이화세계(理化世界)이네.

이(是),
불가사의, 불가사의 세계는,
일시무시일(一始無始一)이며,
일종무종일(一終無終一)인 절대성(絕對性),
한 성품,

한 생명성(生命性)이 무한 열린,
불이융화심(不二融化心)이 열린 승화(昇華)의
절정(絕頂),
일성장엄불가사의세계(一性莊嚴不可思議世界)이며,
불이장엄불가사의세계(不二莊嚴不可思議世界)인
천지인(天地人), 무한상생조화(無限相生造化)의
진선미(眞善美) 한 성품, 장엄세계(莊嚴世界)이네.

이는, 무한 열린,
심무변광명(心無邊光明)의 무궁리천(無窮理天),
천부경(天符經)의 일성혜안(一性慧眼)이며,
천부(天符)의 일성진리(一性眞理)이며,
천부(天符)의 일성무궁섭리(一性無窮攝理)인
천지인(天地人) 대삼합(大三合),
불이(不二)의 한 성품, 무궁조화(無窮造化)인
일성융화(一性融化)의 도(道)이니,
이는,
궁극(窮極)의 한 성품 어우름인
무한상생(無限相生), 무한 행복세계,
일성융화(一性融和)의 총화(總和)가 피어난,
일성삼리(一性三理)의 무궁조화(無窮造化),
진선미(眞善美)의 무한 축복충만(祝福充滿)인
한 성품 어우름의 행복세상이네.

이(是),
천부경(天符經)은,
일시무시일(一始無始一)이며,
일종무종일(一終無終一)인 절대성(絶對性),
한 성품, 생명성(生命性)의 섭리인,
무한상생무궁조화(無限相生無窮造化)의 세계이며,
한 성품 어우름 생명성(生命性)의 작용인
천지인(天地人), 만물(萬物)의
존재와 운행(運行)의 생명섭리(生命攝理)인
불가사의 한 성품, 어우름 총화(總和)의
세계이네.

이(是),
순수정신(純粹精神)이 열리어,
성통광명(性通光明)으로,
한 성품 생명성(生命性)인,
일시무시일(一始無始一)의 무시일성(無始一性)과
일종무종일(一終無終一)의 무종일성(無終一性)이
열리어 깨달으면,
인중천지일(人中天地一)의 성품에 들어,
본심본태양앙명(本心本太陽昻明)이 무한 열리어,
본심본태양앙명인(本心本太陽昻明人)의
성통혜안무변심광(性通慧眼無邊心光)이 두루 밝아,

무한 열린 불가사의, 무궁천(無窮天)의
무한 진리(眞理)의 무궁리천(無窮理天)의 세계,
불가사의 초월심무변광명(超越心無邊光明)인
무한무궁무변지혜광명(無限無窮無邊智慧光明)으로,
심무한무변광명리천(心無限無邊光明理天)이 두루
밝아 어둠이 없으면,

이(是),
천부경(天符經)과
천부경(天符經)의 무한상생섭리와 정신이,
우주(宇宙), 무한평화(無限平和)의 섭리이며,
천지인(天地人)이 한 성품인,
한 생명, 불이융화(不二融化)의 어우름,
무한상생(無限相生) 무한 총화(總和)의 행복이며,
무한축복(無限祝福) 무한 광명(光明)의 세계임을
밝게 깨닫게 됨이네.

이(是),
천부경(天符經)은,
무한상생(無限相生) 어우름 속에 살아가는,
지각(知覺)이 있는 모두에게,
무한행복(無限幸福), 무궁조화(無窮造化)의 세상,

한 어우름, 불이융화(不二融化)의 행복세계,
무한, 상생섭리의 이천진리(理天眞理)를 일깨우고,
마음 광명(光明)이 무한 열린,
모두의 행복세상인,
하늘의 무한 축복(祝福)을 전하며,
무한(無限), 생명평화의 절대 정신을 일깨우는
심무한무변광명(心無限無邊光明)의
천서(天書)이네.

삶의 순수 지혜가 승화된
이상의 진리가 책 4권에 있다.

순수정신이 열린 특유의 사유와 지혜로 삶의 순수 정신의 승화, 자연의 섭리와 순리, 만물의 흐르는 도(道), 궁극이 열린 천성(天性)의 심오한 섭리의 세계를 4권의 책 속에 고스란히 담았다.

『사유를 담은 가야금 1』

삶의 순수정신과 생명감각이 열린 특유의 감각과 빛깔을 가진 사유는 보편적 인간의 가치를 넘어선 아름다운 신선한 깨달음과 생명력을 갖게 한다.

『사유를 담은 가야금 2』

의식승화의 사유는 삶을 자각하는 지혜와 새로운 감각을 열어주며, 정신 승화의 향기는 삶을 새롭게 발견하고 눈을 뜨는, 내면의 깊은 감명과 감동을 전한다.

『달빛 담은 가야금 1』

심오한 정신세계 다도예경과 다도5물, 다도5심, 천성 섭리의 이상(理想) 예와 도, 진리3대(眞理三大)와 도심5행 (道心五行)의 섭리세계를 담았다.

『달빛 담은 가야금 2』

선(善)의 세계, 홍익의 섭리, 성인과 군자와 왕의 도, 만물의 섭리와 순리, 도와 덕과 심, 무위, 궁극이 열린 근본지, 성(性)의 세계 등을 담았다.

박명숙 저 / 신국변형판양장본 / 정가 각 20,000원   박명숙 저 / 신국변형판양장본 / 정가 각 23,000원

완전한 지혜의 세계,
密밀이 세상에 나왔다!!

최상 깨달음 지혜 과정이
이보다 더 상세할 수는 없다.

5, 6, 7, 8, 9식(識) 전변 깨달음세계와

완전한 깨달음 6종각(六種覺)인

5각, 6각, 7각, 8각, 9각, 10각(十覺) 성불

과정의 경계와 지혜의 길을 상세히 완전히 밝혔다.

밀법 태장계와 금강계, 옴마니반메훔, 광명진언

등의 실상세계를 자세히 밝혔다.

박명숙(德慧林)저 / 밀1권 500쪽 / 밀2권 584쪽 / 정가 각 35,000원

삶의 무한 지혜,

香 향이 세상에 나왔다!!

密밀작가의 신작!

허공천(虛空天)
향운계(香雲界)에서
향수(香水)의 비가 내려
바다에 떨어지니
바다가 향수대해(香水大海)를 이룬다.

향1권 기품, 승화, 사유, 이성(理性)의 향기
향2권 지혜, 정신, 마음, 지성(知性)의 향기
향3권 생명, 차(茶), 초월, 꽃잎의 향기를 담았다.

박명숙(德慧林)저 / 향 1권 336쪽 / 향 2권 328쪽 / 향 3권 320쪽 / 정가 각 23,000원

지혜의 두 경전(經典)
반야심경, 천부경의
실상(實相) 진리(眞理)의 세계,
그리고, 무한 **사유**의 책이 나왔다.

香밀작가의 신작!

불법혜안(佛法慧眼)의 반야심경,
이천진리(理天眞理)의 천부경,
그리고, 이성(理性)이 깨어있는 정신
사유(思惟)의 무한차원
지성(智性)을 여는 책이 나왔다.

박명숙(德慧林)저 / 향 1권 384쪽 / 향 2권 316쪽 / 향 3권 352쪽 / 정가 각 25,000원